Albert Camus

阿尔贝·加缪

（1913－1960）

法国哲学家、作家，存在主义和荒诞哲学的代表人物之一，1957年诺贝尔文学奖得主。主要作品有《局外人》《鼠疫》等。

[法] 阿尔贝·加缪——著　凌卓瑶——译
Albert Camus

L'Étranger
局外人

江苏凤凰文艺出版社
JIANGSU PHOENIX LITERATURE AND ART PUBLISHING

图书在版编目（CIP）数据

局外人 /（法）阿尔贝 · 加缪著 ; 凌卓瑶译 . 南京 : 江苏凤凰文艺出版社 , 2025. 6. -- ISBN 978-7-5594-9599-0

Ⅰ . I565.45

中国国家版本馆 CIP 数据核字第 2025B1N172 号

局外人

［法］阿尔贝 · 加缪　著　凌卓瑶　译

责任编辑	项雷达
出版发行	江苏凤凰文艺出版社
	南京市中央路 165 号，邮编：210009
网　　址	http://www.jswenyi.com
印　　刷	北京文昌阁彩色印刷有限责任公司
开　　本	787 毫米 ×1092 毫米　1/32
印　　张	5.25
字　　数	54 千字
版　　次	2025 年 6 月第 1 版
印　　次	2025 年 6 月第 1 次印刷
书　　号	ISBN 978-7-5594-9599-0
定　　价	68.00 元

作者简介

1913 年，阿尔贝·加缪出生于阿尔及利亚。他在阿尔及尔大学攻读哲学和古典文学，当过演员，写过剧本，并创办了年轻前卫的戏剧剧团——队友剧团（Théâtre de l'Équipe）。加缪早期的散文被收录在《反与正》（*L'envers et l'endroit*）和《婚礼集》（*Noces*）中。1940 年 3 月，加缪前往巴黎为《巴黎晚报》（*Paris Soir*）工作，后因战乱返回阿尔及利亚，移居奥兰。1939 年，戏剧《卡利古拉》（*Caligula*）问世，而加缪的前两部重要著作《局外人》（*L'Étranger*）与哲学散文集《西西弗神话》（*Le Mythe de Sisyphe*）则在他 1942 年返回巴黎时出版。1940 年，法国被德国占领后，加缪成为抵抗运动的引领者之一，于 1943 年参与创办地下刊物《战斗报》（*Combat*）并为其撰稿。战后，他专注于写作，并凭借《鼠疫》（*La Peste*）（1947）、《正义者》（*Les justes*）（1949）和《堕落》（*La chute*）（1956）等作品享誉世界。20 世纪 50 年代末，加缪重燃对戏剧的热情，将威廉·福克纳的《修女安魂曲》（*Requiem Pour Une Nonne*）和陀思妥耶夫斯基的《群魔》（*Les Possédés*）改编成舞台剧并亲自导演。1957 年，加缪获得诺贝尔文学奖。1960 年 1 月 4 日，加缪在一次交通事故中离世。他生前未完成的最后一部小说《第一个人》（*Le Premier Homme*）于 1994 年面世。该书一经出版即成为畅销书，受到广泛赞誉，并被翻译成多种语言，在三十多个国家出版。

目 录

第一部分

第二部分

第一部分

一

今天，妈妈死了。也可能是昨天，我不太确定。养老院给我发来的电报也没有说明白：“尊母去世，明日葬礼，节哀。”

养老院在马伦戈，离阿尔及尔有八十公里。我会在两点坐巴士出发，下午抵达。这样我就能给妈妈守灵，还能赶在明晚回家。我向老板请了两天假，在这种情况下他只能批准。对此，他好像不太高兴。我甚至对他说“这不能怪我”，但他没有回答。我想我不该说这句话，因为我本来就没做错什么，他还应该向我表示哀悼呢。当然，等到后天我穿上一身黑衣，他见了我肯定会说些什么。就现在而言，感觉好像妈妈还没有离世。等到葬礼过后，这事才算尘埃落定。

我将坐上两点的车。天很热，像往常一样，我在塞莱斯特的餐馆吃了饭。所有人都替我感到难过，塞莱斯特说："人只有一个母亲啊。"我起身离开的时候，他们送我到门口。这感觉有点儿奇怪，因为我还得去埃玛纽埃尔那里借黑色的领带和黑纱，他叔叔几个月前刚去世了。

我不得不小跑着赶车。一路的奔波、颠簸，混杂着的汽油味，还有路面反射的刺眼阳光，这一切都让我昏昏欲睡，几乎一路都在打盹儿。醒来时，我发现自己靠在了一个士兵身上。他对我笑了笑，问我是不是坐了很久的车。我回答说："是的。"这样我就可以不用再说话了。

养老院离村子有两公里远，我一路快步走了过去，希望能马上见到妈妈。但是，管理员让我必须先见一见院长。院长很忙，所以我又等了一会儿。在这期间，管理员不停地同我说话。随后院长在他的办公室接待了我。院长是位矮小的老人，身上佩戴着荣誉军团勋章。他用那双浅蓝色的眼睛打量着我，然后一直握着我的手。我一时不知道该怎样把手抽回来。他翻阅了一些文件，说道："三年前，默尔索夫人来到养老院。您是唯一一个可以在经济上支持她的人。"我以为他是在责备我，于是试图解释。但他打断了我："孩子，不用解释。我看过您母亲的档案，您没法把她照顾得面面俱到，她需要一个护工。您的收入也不高。说实话，她在我们这里可能还过得更好些。"我说："您说得对，先生。"他补充道："您知道吗，她在这里交了些同龄的朋友。他们对于过去那个年代的话题更有共鸣。您还年轻，说不定和您一起住她还觉得无聊呢。"

这倒是真的。以前我们还住在一起时，妈妈只能整天默不作声地看着我进进出出。刚开始住进养老院那几天，她时常哭，但那是因为不习惯以前的生活突然发生变化。如果几个月过后，要让她离开养老院，她也会哭，道理是一样的。过去的一年里，我很少去看她，有一部分是这个原因。再就是因为去看她会占据我一整个周日的时间，更不用说买车票、来回各两小时车程所花的时间和精力了。

院长还在和我说话，但我几乎没怎么听。他说："我想您应该会想见见您母亲。"我什么也没说，只跟着他出了门。在楼梯间，他解释道："我们把她安置在一个小型停尸房里，以免其他老人感到不安。每当有人去世，他们都会焦虑个两三天，这让我们的工作很难进行。"我们穿过一个院子，许多老人三三两两地在一起聊天。在我们经过时，他们停止了谈话。等我们走了，他们又聊了起来，像一群鹦鹉在远处叽叽喳喳。我们走到一栋小楼的门前，院长停下来说："默尔索先生，我就送您到这里吧，有什么需要可以到办公室找我。葬礼明早十点开始，今晚您可以为您母亲守灵。还有一件事，您母亲生前好像经常跟朋友们说，她想要以宗教仪式安葬。这些我都已经安排好了，不过还是要跟您说一声。”我向他道了谢。妈妈不是无神论者，但她生前从没考虑过宗教的问题。

我踏进门，里面非常明亮，墙壁被粉刷得洁白，房顶是透明的玻璃，房间里摆放了几把椅子和几个X形的支架，房间中央的两张支架托着一个合上了的棺材。棺材上只见几颗亮闪闪的金属螺丝，堪堪拧进染了色的胡桃木板上，格外显眼。棺材旁站着一位阿拉伯护士，穿着白色罩衫，戴着一条色彩鲜艳的头巾。

这时，管理员进了门，走到我身后。他应该是跑着来的，说话有些气喘：“棺材已经被合上了，我得把它打开，好让您看看她。”他走向棺材，但我阻止了他。他问道：“您不想看看吗？”我回答说：“不想。”他顿住脚步。我有些窘迫，因为我觉得我不该那么说。过了一会儿，他盯着我问道：

“为什么？”听起来倒没有责备我的意思，只是单纯地想知道原因。我说：“我不知道该怎么说。”他用手指捻了捻花白的胡子，移开了目光，说道：“我明白了。”他有双漂亮的蓝眼睛，肤色微微透着红润。他为我搬来一把椅子，自己则在我身后不远处坐着。护士起身走向门外。就在这时，管理员说：“她得了硬性下疳。”我没听明白，便抬头看了看护士，只见她眼睛下方缠着一条绷带，一直绕到头部。她的面中部几乎是平的，紧贴着绷带。乍一看她的脸，只能瞧见绷带的一抹惨白。

护士出了门后，管理员说：“我先不打扰了。”我不知道我做了什么手势，他又站在我椅子后不走了，这让我很不自在。傍晚时分，残阳余晖洒满了整个房间，两只黄蜂在窗边嗡嗡作响。困意渐渐袭来。我头也不回地问管理员：“您在这院里工作很久了吧？”他仿佛一直在等我发问，立刻回答道：“五年了。”

随后，他便开始滔滔不绝。他说，如果有人告诉他，他以后会在马伦戈养老院当一辈子的管理员，他会觉得这是无稽之谈。他才六十四岁，还是巴黎人。我打断他，问道："啊，所以您不是本地人？"说完我才想起来，他带我去院长办公室之前，曾和我聊过妈妈的事。他告诉我，由于这里地势开阔，天气非常炎热，最好尽快下葬。接着他便说到自己以前住在巴黎，那是一座让他无法忘怀的城市。在巴黎，人们可以陪在逝者身边三到四天，而在这里可没这个时间，人们还没来得及接受事实，就得匆匆忙忙地去追殡车。这时，他身边的妻子说："别说了，你不该对这位先生说这些。"管理员红着脸向我道歉。"没关系，"我连忙说，"没关系的。"他的话很有道理，而且讲得很有趣。

在小停尸房里，他告诉我，他初到养老院时身无分文，又自认为身体素质不错，便主动请缨担任管理员的工作。我指出，归根结底，他也算是在养老院里颐养天年的一名老人。他自己却否认这个身份。之前我就注意到，每当他谈论这些老人时，总是用“他们”“那些人”这类词，有时也称呼他们为“老人们”，尽管其中有些人与他年纪相仿。不过，在某种程度上说，他作为管理员享有管理其他老人的职权，自然和普通老人是不一样的。

这时，护士走了进来。夜幕降临，骤然晦暗的天色笼罩在玻璃顶棚上。管理员开了灯，突然的亮光晃得我一时睁不开眼。他邀请我去餐厅用餐，但我并不饿，于是他又提议给我端一杯牛奶咖啡来。我喜欢喝咖啡，于是接受了他的好意。没过多久，他就端着托盘回来了。喝完咖啡后我又想抽支烟，但又犹豫了，我不知道在妈妈的遗体面前抽烟是否合适。我想了想，又觉得没有关系。我递了一支烟给管理员，我们俩便一同抽起烟来。

过了一会儿，他对我说道：“您知道吗，您母亲的朋友们也会来参加守灵。这是我们的习惯。我得先去多准备些椅子和咖啡。”我问他能不能关掉一盏灯，这灯光打在白墙上让我昏昏欲睡。他回答说没办法，灯光系统就是这样的，要么全开，要么全关。之后我没再理会他。他出去了一趟，回来后摆好椅子，还在其中一把椅子上放了一个咖啡壶，又围着它放了一圈杯子。之后他坐到了我对面，在棺材的另一侧。护士也在后面站着，但她背对着我，我看不见她在做什么。不过从她手臂动作来看，大概是在织毛衣。现在凉快点儿了，咖啡让我感到有些热，晚风夹杂着花的香气，从敞开的门吹进来。我觉得自己又打了个盹儿。

什么东西轻碰了我一下，把我弄醒了。我睁开久闭的双眼，房间里的光线白得更加炫目。目光所及连一丝阴影都没有，每一件物体、每一个角度、每一条曲线都格外清晰，刺痛了我的眼睛。这时，妈妈的朋友们都进来了。他们有十来个人，沉默着在那刺眼的光线下走了进来。他们入座时，没有任何一把椅子发出声响。我盯着他们看，我从未如此认真地观察过任何人。我仔细打量着他们的面容和衣着，不放过任何细节。然而我却没听到他们发出一点儿声音，以至于很难相信他们是真实存在的。几乎所有女人的腰间都紧紧地系着一条围裙，这显得她们的肚子更加圆润。以前我从没发现，年长的女人会有这么大的肚子。男人们大多身材瘦削，拄着拐杖走路。他们脸上最显著的特点是，我看不见他们的眼睛，只能在遍布的皱纹丛中窥见一点儿暗淡的微光。落座后，他们大多数人看向我，拘谨地点头致意；他们的嘴唇因缺牙而凹陷，因此我无法分辨他们是在和我打招呼，还是只是嘴巴在抽搐。我想他们大概是在打招呼。就在这时，我注意到他们都围着管理员坐在我对面，向我点头。有那么一刹那，我有种荒谬的想法，仿佛他们是来这里审判我的。

不久后，其中一个女人哭了起来。她坐在第二排，被坐她前面的朋友挡住了，我看不清她的脸。她轻声啜泣，哭声连绵不断。我感觉她哭得停不下来了。其他人仿佛听不见她的哭声似的，只沉默地蜷缩在椅子上，神情悲痛。他们注视着棺材、自己的拐杖或者房间里的其他东西，目光只锁定在方寸间。那个女人还在哭。我很疑惑，因为我不认识她。我真希望她别再哭个不停了，但我不敢这么跟她说。管理员俯身对她低语了几句，但她只是摇摇头，咕哝了一句，又继续以同样的节奏啜泣。随后，管理员走到我身边坐下。过了很久，他并没有看着我，只解释道："她和您母亲关系很好。她说您母亲是她在院里唯一的朋友，如今只剩她一个人了。"

大家就这样坐了很久。那个女人的叹气声和哭声逐渐减弱，但她还在不停地抽噎着。最后，她终于安静了下来。我的困意消散了，但我还是很累，背也疼着。此刻，四周的寂静无声令我难以忍受。我时不时地听到一些奇怪的声音，却无法分辨声音的来源。最后，我总算是弄明白了：有些老人在吸自己的两腮，发出一阵阵奇怪的吱吱声。他们沉浸在自己的思绪中，根本没意识到自己发出的怪声。在当时，我甚至觉得，这个横躺在他们面前的逝者，对他们而言毫无意义。但现在回想起来，我当时想错了。

管理员给每个人都端来了咖啡。接下来发生了什么，我已无从记起。夜晚缓缓流逝。我记得这期间我曾睁开眼，看到有些老人们紧挨着彼此睡着了。只有一位老人例外，他把下巴搁在搭着拐杖的双手上，目光专注地盯着我，似乎是在等我醒来。然后，我又睡了过去。因为背部的疼痛加剧，我再次醒来。晨光逐渐从玻璃顶棚洒下。没过多久，其中一个老人醒来，咳嗽不止。他把痰吐进一大条格子花纹的手帕里，每口痰听起来都像是从他身体里硬生生被拽出来的。他把其他人都吵醒后，管理员宣布所有人都可以离开了。于是大家都站了起来。这累人的守灵仪式让所有人在一夜之间都白了脸色。在我意料之外的是，他们每个人离开时都和我握了手，仿佛过了这一晚，我们之间就建立起了某种亲厚的关系，但明明一整晚我们连一句话都没说过。

我累得不行了。管理员带我去了他的房间，我得以稍微洗漱了一下。我还喝了一杯咖啡，味道很不错。等我出门的时候，天已经完全亮了。在那将马伦戈与大海隔开的山丘之上，霞光洒满天幕。咸咸的海风正从那处徐徐吹来。今天天气一定很好。我已经很久没有回乡下了，如果不是要处理妈妈这事，能出去散散步该有多好啊。

但此刻我只能站在院子里，在一棵梧桐树下等着。我呼吸着泥土的清新气息，困意全都散去了。我想到我的同事们，他们现在该起床去上班了，这简直是我每天最难熬的时刻。我又想了想这些事，这时养老院里传出的钟声打断了我。窗户里传来窸窸窣窣的声音，随后又安静了下来。太阳又升高了一点儿，我的脚也被晒热了。管理员穿过院子走来，告诉我院长想见我。我来到院长的办公室。他让我签了几份文件。我注意到他穿着黑色上衣，搭配条纹裤子。他拿起电话，对我说："殡仪馆的工作人员已经到了，我会让他们合上棺材。在棺材合上之前，您想最后再看一眼您母亲吗？"我说不用了。他对着电话轻声下了命令："费雅克，告诉他们可以开始了。"

随后，他告诉我，他会参加葬礼。我向他道了谢。他坐在办公桌后，两条短腿交叉着。他还说，到时候只有他和我，以及值班护士会出席葬礼。原则上，院里不允许老人们参加葬礼，只许他们参与守灵。他解释道："这样对他们来说会更容易接受一些。"不过这次情况有所不同，他特许妈妈的一位老朋友跟着送葬的队伍，那人叫托马斯·佩雷兹。院长笑着说道："您可能会觉得这有些孩子气，但他们俩几乎可以说得上是形影不离。院里的老人经常调侃他们，对佩雷兹说：'她是你的未婚妻。'他听了就笑。大家的玩笑让他俩都挺开心。默尔索夫人的离世对他实在是很大的打击。我不忍心拒绝他想要参加葬礼的请求。不过我听取了医生的建议，昨晚没让他来守灵。"

我们沉默着坐了很久。院长起身望向窗外。过了一会儿，他说："那是马伦戈的神父，他来得挺早。"他向我解释说，从这里步行到村中心的教堂至少需要三刻钟。于是我们下楼去了。神父和两个唱诗班的孩子在门前等着。其中一个孩子手里拿着香炉，神父则弯着腰帮他调整炉子上的银链。我们走近的时候，神父站了起来。他称呼我为"我的孩子"，对我说了几句话就进屋去了。我也跟在他身后进了门。

我一眼就注意到棺材上的螺丝已经拧紧了，房间里还有四个穿着黑衣的男人。院长告诉我，殡车已经在路边候着了，与此同时神父也开始祈祷。之后，一切都进展得非常迅速。那四个黑衣男子走到棺材旁，将一大块布盖在上面。唱诗班的孩子们跟在神父身后，同我和院长一起出了门。门口站着一个我不认识的女人。院长向她介绍道："这位是默尔索先生。"我没听清楚她的名字，只知道她是养老院的护士。她点了点头，清瘦的长脸上没有一丝笑容。接着，我们都侧身稍退了一步，让灵柩通过。我们跟随抬棺人走出了养老院。殡车停在门前，矩形的车身擦得锃亮，看起来有点儿像铅笔盒。殡车旁站着葬礼司仪，他个子不高，穿着滑稽。旁边还站着一个看起来略显局促的老者。我想起来，这应该就是佩雷兹先生。他戴着一顶圆顶宽边轻毡帽（棺材从门口出来的时候，他把帽子摘了下来），穿着西装，裤脚长到盖住了鞋面。领口上绑了一条黑色领带，结打得太小，以至于和衬衫的大领口不太相称。他的嘴唇微微颤抖，上方的鼻子布满黑头。透过细软的白发可以看到他垂在脸侧那奇形怪状、殷红如血的耳朵，在苍白脸色的衬托下更加显眼。司仪给我们安排好了站位：神父走在队伍前方，殡车在身后跟着，四个抬棺人围绕在旁。然后是我和院长，队伍的最后是护士和佩雷兹先生。

烈日当空，阳光炙烤着大地，每分钟的流逝都在加剧空气的炎热。我不明白我们为什么要磨蹭这么久才出发。我穿着黑衣，闷热得很。那个孱弱的老头儿戴上了他的帽子，过了一会儿又摘了下来。我听着院长讲佩雷兹的事，侧身看了他一眼。院长说，妈妈和佩雷兹经常在傍晚时分，跟随一个护士，一起散步到村子里。我环顾四周，远处排成行的柏树蔓延到天边的山丘上，绿色与褐色的土地纵横交错，星罗棋布的房子点缀其间。我一下明白了妈妈的所思所感。置身此景，傍晚时光一定既伤感，又宁静。然而今天，美景在阳光的炙烤下只剩涌动的热浪，让人倍感压抑。

我们出发了。此时，我注意到佩雷兹走路时有些跛。渐渐地，殡车加快了速度，于是他被落在了后面。还有一位抬棺人也跟不上车，和我并排而行。我很讶异，太阳升得太快了。不知何时，田野里已经满是虫子的嗡鸣，还有风吹草动的沙沙声。汗水沿着我的脸颊滑落。我没有帽子，只好拿手帕扇扇风。殡仪馆的那人对我说了些什么，但我没有听清。他左手拿着手帕擦了擦额头上的汗，另一只手抬了抬帽檐。我问他："您刚刚说什么？"他指着太阳重复了一遍："这天太热了。"我回答道："是啊。"过了一会儿，他又问："殡车里的是您母亲吗？"我又答道："是啊。""她年纪很大了吗？"我回答说："算是吧。"因为我也不知道她的确切年龄。之后他就没再说话了。我转身看见佩雷兹老先生，他落后了五十多米。他把帽子拿在身前，试图走快些，手上的帽子随着他的脚步上下摆动。我又看了眼院长，他走得十分庄重，没有任何多余的小动作，甚至连前额渗出的几滴汗珠都没有擦掉。

队伍似乎走动得更快了。周围的景物依旧被太阳照得刺眼，天空亮得叫人头晕目眩。我们经过了一段刚刚铺好的路，太阳把沥青路面晒得鼓起了几个包。脚一踩就陷了进去，裂开的柔软的沥青在太阳底下闪着光。殡车顶上，司机的硬皮帽看起来仿佛是从这坨黑色泥浆中模制出来的。我有些迷失在蓝白相间的天空之下和这些冷酷的黑暗色调之间：鼓起的沥青黑得黏腻，丧服黑得沉闷，殡车黑得锃亮。太阳的炙烤下，沥青味混杂着黏附在车轮上的粪便味，抛光剂的味道混杂着香薰味，再加上整夜未眠的疲惫，所有感官的冲击刺痛了我的眼睛，也模糊了我的思绪。我再次回头看，佩雷兹已经落后很远了，他的身影逐渐被一片朦胧的热雾吞没，直到消失在我的视线里。我四处找他，发现他已经偏离了大路，从一条穿过田野的小径走来。我瞧见我面前的大路前方有一个大幅度的转弯。这时我才意识到佩雷兹对这里的路很熟悉，他抄近路赶上了我们。等我们转过弯时，他已经重新回到我们身边。然后他又落在了后面，走上另一条乡间小路，就这么重复了好几次。我只感觉到我的太阳穴在突突跳。

接下来，一切都进行得非常迅速、高效、轻松，以至于具体细节已经被我忘光了。我唯一记得的是，我们进村的时候，护士跟我搭话了。她的声音很奇特，清脆悠扬又微微颤抖，跟她的长相不太相符。她说："走得太慢可能会中暑，但如果走得太快，走到教堂的时候就会大汗淋漓，那样又有着凉的风险。"她说得没错，真是怎么做都不对。那天还有一些片段一直留在我的记忆中，比如佩雷兹最终在村子附近赶上我们时的神情。他的脸上布满了恐惧和痛苦的泪水，但由于他的皱纹太多，这些泪水汇集成小水潭，覆盖在他沟壑纵横的脸上，像一层发光的水膜。还有那座教堂和街上的村民们、墓园里红色的天竺葵、晕倒的佩雷兹，那瞬间他就像一只断了线的提线木偶。还有撒在妈妈棺材上的血色泥土、混杂在泥土中柔软的白色根须、人群发出的嘈杂声、整座村子。还有在咖啡馆前的等待、引擎持续的轰鸣声，以及最后，巴士终于驶入阿尔及尔的万家灯火。那时，我高兴得不得了，因为我很快就能上床入睡，享受十二个小时的安稳睡眠了。

二

睡醒后我才意识到，原来今天是周六，难怪老板会对我的两天假期不满。我差点儿忘了这茬儿。这样一来，算上周日，我一下子放了四天假，那他不高兴也无可厚非。但还是那句话，妈妈的葬礼定在昨天而不是今天，这不能怪我。更何况周末本来就是我的法定假期。不过，尽管事实如此，我也非常理解老板的心情。

我还没从昨天的疲惫中缓过来，所以起床时费了些劲儿。我趁着刮胡子的间隙，思索了一下今天要去做什么，最终决定去游泳。我搭电车来到港口附近的海水泳池，潜入了其中一条泳道。周围有很多年轻人。我在水里见到了玛丽·卡尔多纳，她以前在我们办公室当打字员，我那时就被她迷住了。我想她应该也有点儿喜欢我。不过她在公司待的时间不长，我们也没有机会更进一步发展。我扶她爬上了一个浮台，手不经意间擦过她的胸部。我还在水里，她翻身趴在浮台上。她转过身来看我，发丝垂在眼前，笑得很开心。接着我也爬了上去，躺在她身边。天气温暖舒适，我开玩笑似的把头靠在她的肚子上。她没说什么，于是我也没有动。我望着头顶的蓝天，阳光洒下一片金黄。我能感觉到在我的颈背下，玛丽的肚子正随着她的呼吸轻轻起伏。我们就这样在浮台上待了很久，半睡半醒。等到太阳太烈了，她就跳进水里，我也跟着跳了进去。我游到她身边，用手臂搂住她的腰，就这样一同游了起来。她一直在笑。我们在岸边晾干身体的时候，她说："我比你晒得更黑。"我问她晚上想不想去看电影，她又笑了，说她想看费尔南德尔主演的电影。换好衣服后，她看我戴着黑色领带，惊讶地问我是不是还在戴孝。我把妈妈去世的事情告诉了她。她想知道是什么时候的事，我回答说昨天。她惊得后退半步，但没说什么。我本想争辩这并不是我的错，但我忍住没说，因为我想起我已经对老板说过这话了。其实这话毫无意义，人们总要背负一些莫名的愧疚感的。

到了晚上，玛丽就已经把这事忘到九霄云外了。电影里有几个片段挺有趣的，但后面的剧情越来越荒谬。她把腿靠在我的腿上，我轻抚着她的双乳。电影快结束时，我吻了她，但吻得很笨拙。离开电影院后，她跟我回了家。

我醒来时，玛丽已经走了。她之前说过要去看望她的姨妈。我想起今天是周日，这让我有点儿烦，我不喜欢周日。我翻了个身，试图在枕头上闻到玛丽的发丝留下的海盐味，然后又一觉睡到了上午十点。醒来后，我一直躺在床上，抽烟抽到了中午。我没有像往常一样去塞莱斯特的餐馆吃午饭，因为他肯定要问我各种各样的问题，我可不喜欢这样。于是我自己煎了几个鸡蛋，直接就着煎锅吃了。没有面包了，我也懒得出去买。

午饭后，我有点儿无聊，就在这间宽敞的公寓里四处晃悠。妈妈还在的时候，这间公寓刚好够大。现在，这里对我来说太大了，所以我把餐桌也搬进了卧室。现在我基本上只在这一个房间里住着，里面有几把稍微有些塌陷的藤椅、一个镜子都已经发黄了的衣橱、一张梳妆台，还有一张铜制的床。其他的物品都还留在原处没有动。过了一会儿，没别的事可做，我随手拿起一份旧报纸翻阅起来。我剪下了一则克鲁申盐业公司的广告，把它粘在一本旧笔记本里。凡是我在报上发现的有趣内容，我都会把它记录在这个本子里。接着我洗了手，走到阳台上。

从我的卧室望出去，可以俯瞰这一片区的主街。这天下午天气很好，但人行道非常湿滑，路上走过的零星几个人都行色匆匆。他们大多是一家子出门来散步的。有两个穿着海军服的男孩，短裤刚好到膝盖上方。如此正式的服装让他们行动起来有点儿拘谨。还有一个小女孩，头上戴着大大的粉色蝴蝶结，脚上穿着一双黑色皮鞋。他们的父母走在后面：母亲穿着棕色的丝绸连衣裙，身形高大；父亲看起来相当瘦弱，个子矮小，我以前见过他，他戴着一顶草帽，领口上打了个蝴蝶领结，手里握着一根手杖。看到他和妻子走在一起，我才明白为什么邻居们说他看起来气质文雅。过了一会儿，一群当地的年轻人走过，他们梳着大背头，系着红色领带，穿着紧身夹克，口袋边缘露出里面的绣花手帕，脚上穿着方头鞋。我猜他们大概是要去镇上看电影，所以才会这么早出门，笑着匆匆赶去坐电车。

在他们离开后，街上逐渐变得冷清。想必是电影都已经开场了。街上只剩下一些店铺老板和几只猫。一排榕树沿街而立，天空虽晴朗却并不明亮。街对面的烟草店老板搬出一把椅子放在店门前，跨坐在椅子上，双臂搭在椅背上。不久前还人满为患的电车，现在几乎空无一人。烟草店旁有一家名为“皮埃罗之家”的小咖啡馆，店里空空荡荡，服务员正忙着清扫锯末[1]。这真是独属于周日的景象啊。

我学烟草店老板那样，把椅子转了过来，因为这样坐着更舒服。我又抽了两根烟，然后回屋拿了一块巧克力站在窗边吃着。没过多久，天色渐渐阴沉下来，可能有一场暴风雨要来了。然而过了一会儿，天又放晴了。不过，几片乌云飘来笼罩在街道上空，整个街景显得更加阴郁，这样看来还是有可能会下雨的。我就这么站在窗边，盯着天空看了

---

① 传统的餐馆或酒馆的清洁习惯。在地上撒上锯末，以吸收洒落的啤酒、饮料，或者其他液体残渣，保持地板相对干燥和干净。

很久。

五点钟，又驶来了一辆电车，轰鸣声响彻街头。车上载着一群从郊区体育场回来的观众，有的人挤在踏板上，有的人抓着护栏。随后开来的电车载的则是运动员，他们提着运动包，很好辨认。他们大声呐喊、尽情歌唱，高呼他们的团队将永远辉煌。有几个人向我挥手打招呼，其中一个兴奋地喊道："我们大获全胜！"我点头表示附和。之后，街上的车流越来越密集。

时间渐渐流逝，天色转红，夜幕降临，街道开始变得热闹起来。出门散步的人们陆续回来了。我在人群中认出了那个文雅的男人。孩子们有的在哭闹，有的被家长拖着走。看完电影的观众们一波接一波地涌上街头。其中有些年轻人神情激动，可能是刚刚看完一部惊悚片。从城里电影院回来的观众稍晚一些才到，他们面容相对更严肃，偶尔才笑一笑，整个人显得既疲惫又心事重重。他们在街上徘徊，在马路对面来回踱步。邻里的年轻女孩们挽着胳膊走过，她们头上都没有戴帽子。年轻男孩们则故意站在一边，等女孩们走过的时候趁机打趣她们。女孩们只是笑了笑便转过头去。有几个我认识的人向我挥了挥手。

街灯突然亮起，夜空中初现的星星黯然失色。我盯着灯火辉煌的街道和熙熙攘攘的人群看了太久，眼睛开始有些刺痛。街灯照亮了潮湿的人行道，电车的车头灯不时映照着某人光亮的发丝、脸上的笑容或是银色的手镯。过了一会儿，往来的电车越来越少，夜色愈加深沉，街道也渐渐冷清下来。直到有只猫缓缓穿过空无一人的街道，我才觉得是时候吃晚饭了。由于长时间靠在椅背上，我的脖子有点儿酸。我出去买了些面包和意大利面，做好晚餐后站着吃完了。我想在窗边再抽根烟，但夜晚天凉了点儿，有些冷，我只好把窗户关上了。走回房间，我从镜子里看见桌边的油灯旁有少许面包屑。我心想，这又是一个接近尾声的星期天。安葬好了去世的妈妈，我又要回去工作。说到底，一切都回到了原点，什么都没变。

三

今天，我在办公室工作得很努力。老板对我很和善，关心我会不会太累了，还问我妈妈的年龄。为了避免说错，我含糊其词道：“六十多岁了。”不知道为什么，老板听了后似乎松了口气，大概是觉得这个话题总算可以结束了。

办公桌上堆满了提货单，我得一一处理。正午时分，我洗了洗手，准备出去吃午饭。一天之中，我很喜欢这个时刻。但到了傍晚就没那么愉快了，因为一整天过去之后，洗手间里的擦手巾已经被用得湿透了。我跟老板说过这件事，他说虽然他很抱歉，但这只是一件无足轻重的小事。我是和物流部门的埃玛纽埃尔一同去吃的饭。我们去得有点儿晚，已经十二点半了。办公室面朝大海，我们花了一会儿时间看港口里沐浴在炽热阳光下的货船。就在这时，一辆卡车驶来，夹带着链条撞击的哗哗声和引擎运行时的咔嗒声。埃玛纽埃尔问我："要不要追上去？"我立刻跑起来。卡车飞驰而过，我们紧追其后。噪声和灰尘淹没了我，我几乎什么都看不清，只感觉到极速狂奔时亢奋的脉搏。我穿梭在绞车和机器之间，越过远处上下摇晃的桅杆和轮船，猛地跃起，成功地跳上了卡车，然后拉着埃玛纽埃尔也爬了上来。卡车在崎岖不平的鹅卵石路上不停颠簸，阳光灿烂，尘土飞扬，我们在车上气喘吁吁。埃玛纽埃尔笑得喘不上气来。

等到了塞莱斯特的餐馆，我们俩都已经大汗淋漓。塞莱斯特还是老样子，挺着大肚子，系着围裙，脸上挂着白胡子。他问我："最近还好吗？"我回答说还好，并告诉他我饿了。我很快吃完饭，喝了一杯咖啡。由于午餐时喝了太多酒，我回家小睡了一会儿。醒来后，我又想抽支烟。时间不早了，我匆忙跑去赶电车。整个下午我都在工作，办公室里闷热难耐。傍晚下班后，我沿着码头慢慢散步回家，心情轻松愉快。天空泛着柔和的绿色，我很开心。不过我还是径直回了家，因为我想自己煮些土豆吃。

上楼时，我碰到了跟我住在同一楼层的邻居萨拉马诺。他像往常一样带着他的狗。他们一起生活了八年，几乎形影不离。那条西班牙猎犬患了一种名叫疥癣的皮肤病，导致它的毛几乎都掉光了，身上布满红斑和褐色的血痂。长久以来的同居生活使得萨拉马诺连长相都跟他的狗有点儿像。他的脸上也有褐色的血痂，头发稀疏泛黄。而那只狗也继承了主人的一些特征：弯腰驼背，口鼻突出，脖子僵直。他们看起来像是血亲家人，却互相憎恶。每天，老人会在上午十一点和下午六点的时候出去遛狗。这八年来，他们的日常作息从未变过。他们会在里昂大街上散步。那狗拉扯着萨拉马诺前进，使得老人踉踉跄跄，老人便对它又打又骂。这狗受到惊吓后便放慢脚步，任由自己被主人拖着走。老人又不得不拽着它往前走。等这狗又好了伤疤忘了疼，便再次拉扯着主人走，结果又要挨骂挨打。接着，他们就站在街上对视，狗惊惧不已，老人则火冒三丈。这一切每天都会重演。每次这狗撒尿时，老人都不给它足够的时间，把它拽着走，它就在身后留下一连串小水滴。如果狗不小心尿在了房间里，就要挨打。他们就这样相处了八年。对此，塞莱斯特总说："这太可怕了。"但归根结底，没人真的了解他们的生活。我在楼梯上碰到萨拉马诺时，他又在骂他的狗。他骂它"浑蛋"和"脏狗"，那狗则在低声呜咽。我跟他说了声："晚上好。"但他依旧在对狗大喊大叫。我问他那只狗到底犯了什么错。他没有回答，只是继续骂它“浑蛋”和“脏狗”。我看他弯着腰，试图从狗的项圈上解开什么东西，于是我提高了音量又问了一遍。他依旧没有转身，只是压抑着怒火说：“它老是那样。”接着他拽着狗走了，那只狗呜呜地叫着，任由自己被主人拖拽着。

就在这时，另一个邻居走了进来。邻里有传言说他靠女人养着。但如果有人问他做什么工作，他总说自己是仓库管理员。总而言之，大家都不是很喜欢他。不过，他经常和我聊天，有时还会上我家坐一会儿，因为我乐意听他说话。我觉得他聊的东西挺有意思。而且，我也没有什么必须拒绝和他说话的理由。他叫雷蒙·桑特斯，身材矮小，肩膀宽阔，有一只拳击手似的塌鼻子。他总是穿得很讲究。有一次，我们谈论到萨拉马诺，他也评价道：“这太可怕了！”他问我会不会觉得那老头子恶心，我说不会。

我们走上楼。我正准备和他说再见，他突然说："我家有些香肠和葡萄酒，要不要一起吃点儿？"我想着这样就不用自己做晚饭了，于是答应了。他的屋子里也只有一个房间，以及一个没有窗户的厨房。床上方的墙上挂着一个粉白相间的天使雕塑、几张冠军运动员的照片，还有两三张裸女的海报。房间里脏兮兮的，床铺也没收拾好。他进门先点燃了油灯，然后从口袋里掏出了一条看起来很脏的绷带缠在右手上。我问他手怎么伤的，他告诉我说，他和一个一直在找他麻烦的人打了一架。

他开口道："默尔索先生，你得明白我不是个坏人，只是有点儿急性子。事情是这样的，这个家伙跟我说：'有种你就下车。'我回应道：'你这么激动干什么？'然后他骂我是个懦夫。于是我下了车跟他说：'够了，你再这样我就揍你。'然后他说：'就凭你？'于是我打了他一拳。他被我打倒了。我正想扶他起来，结果他躺在地上就开始踹我。我就用膝盖顶了他几下，又揍了他几拳。他满脸都是血。我问他服不服，他说服了。”雷蒙一边讲，一边给自己的手包扎。我坐在他床上听着。他又说：“你看，不是我故意找事儿，是他先挑衅我的。”我回答说：“确实是这样。”接着，他告诉我，其实他想听听我对这事的意见。因为他觉得我是个男子汉，懂得生活，可以给他一些建议，这样我们就能成为朋友。我没有回答。他又问我是否愿意和他做朋友。我跟他说我无所谓，怎样都行，他看起来很高兴。然后他用平底锅把香肠煎了一下，摆好了杯子、盘子、餐具，还拿出了两瓶酒，全程一言不发。我们坐在桌边用餐，他又开始讲述他的故事。起初，他还有点儿支支吾吾：“我以前认识一个女人……也可以说是我的情妇……”和他打架的那个人是那女人的兄弟。他告诉我，他一直养着那个女人。我没说什么，他立刻补充说，他知道邻里对他有闲话，但他确实是个仓库管理员，问心无愧。

他说："不过话说回来，我发现她一直在骗我。"他每个月会给那女人足够的生活费，不仅替她付房租，还每天给她二十法郎伙食费。"三百法郎的房租，六百法郎的伙食费，偶尔还给她送双丝袜[①]，这些开销加起来都差不多一千法郎了。这位女士天天闲着不工作，居然还跟我说，我给她的这些钱都不够用。我反问她：'你怎么不去找份工作，哪怕是兼职都行，这样好歹能减轻一点儿我的负担。那些零零散散的开销加起来可不是一笔小数目。这个月我给你买了套新衣服，每天都给你二十法郎，还帮你付房租。你都干了些什么？你就知道和你的好姐妹们喝下午茶。你用我的钱请她们喝咖啡加糖。我对你不错吧，但你就知道挑三拣四。'我都这么说了，她还是不愿意出去工作。总是说她

---

① 二战时期的丝袜是奢侈品，"硬通货"。

去不了。那时我才发觉，她肯定是背着我做了不光彩的事。”

接着，他告诉我，他在那女人的包里发现了一张彩票，她解释不清楚是哪儿来的钱买的。后来他又发现了一张当铺的票据，才知道她典当了两只手镯。在此之前，他甚至不知道她还有手镯。“那时我才确定她一定有事瞒着我。于是我把她甩了。在这之前我还打了她一顿，然后才跟她摊牌。我揭穿了她的目的，她只是想找个人鬼混而已。你明白吧，默尔索先生，我跟她说：‘你都不知道有多少人羡慕你，能和我在一起过这种神仙日子。日后你就会知道，跟我在一起有多幸福。’”

他打那女人时下了狠手。在之前，他从没认真地动手打过她。“我以前也扇过她几巴掌，不过只是轻轻碰几下而已，甚至可以说是带着爱意的。她有时会轻哭出声，然后我会关上百叶窗，就这样结束了。但这次是动真格的了，我觉得这惩罚还不够重呢。”

接着他向我解释说，这就是为什么他需要听听我的想法。他停下了谈话，转而去调整了一下已经烧黑了的灯芯。我只坐着听他讲话，已经喝了差不多一整瓶酒，额头也开始发烫。我抽了几支雷蒙的烟，因为我自己的已经抽完了。最后几班电车驶过，带走了远郊的喧闹声。雷蒙又接着讲，让他困扰的是，他对那女人还有感觉，但又想要惩罚她。起初他想带她去旅馆，然后叫风化警察[①]来，制造丑闻，让她被登记成为妓女。后来他去问了几个不正经的狐朋狗友，他们也没想出什么鬼点子。正如雷蒙所说，这些小混混都不中用。他们听完这事后，建议在那女人的脸上“烙个印”。但雷蒙觉得这个主意不妥，他还要好好想想。他还有几个问题想要问我，不过在此之前，他想知道我对整件事的

---

① 风化警察：指当时专门负责处理与性交易、卖淫嫖娼等社会风化相关案件的警察。

看法。我告诉他，这故事挺有意思的，但我没什么想法。

他首先问我这女人是不是对他不忠，我回答说是的，在我看来确实是这样。接着他问我是否认为她理应受到惩罚，以及如果我是他，我会怎么做。我告诉他，这些事情很难有个定论，但我可以理解他想要惩罚她的心情。我又喝了口酒。他点了根烟，开始讲他的计划。他想写封信给她，既要“狠狠地羞辱她”，同时又要“让她后悔并对他魂牵梦绕”。然后，等那女人回到他身边时，他会和她上床，完事后就朝她脸上吐口水，再把她赶走。我对他说，这确实是个惩罚她的办法。但雷蒙认为自己的文采不足以写好这封信，所以想请我帮忙。我没有立即答应，他又问我是否介意现在就帮他写。我同意了。

他又喝了一杯酒，然后站起身来，把空盘子和没吃完的黑香肠挪开，仔细地把塑料桌布擦拭干净。他从床头柜的抽屉里拿出了一张信纸、一个黄色信封、一支红木笔杆的蘸水笔和一瓶紫色墨水。他告诉了我那女人的名字，从名字可以看出来她是阿拉伯人。我把信写完了。虽然是一时兴起写的，但我尽力写得让雷蒙满意，因为我没必要惹他不快。写完后我把信念了一遍。他边抽烟边听，不停点头表示赞许，然后又让我读了一遍。他对这封信很满意，激动地说："我就知道你能懂我。"起初我没意识到他在用很亲昵的语气跟我说话。直到他说："现在，我们是真正的朋友了。"他又重复了一遍。我说："嗯。"对我来说，我们是不是朋友并不重要，但他似乎把交朋友这事看得很重。他把信装进信封里，我们接着把酒喝完了，沉默地坐着抽了会儿烟。屋外一片寂静，只听见一辆汽车驶过。我说："时间不早了。"雷蒙也表示赞同，他说时间过得飞快。从某种意义上说，这是事实。我很累，艰难地站起身。我的脸色肯定很憔悴，雷蒙才会让我保重身体。起初我没明白他的意思，然后他告诉我说，他听说我妈妈去世了，生老病死再自然不过。我也是这么想的。

我站了起来，雷蒙用力握了握我的手说，我们男人总归是心意相通的。我离开时顺手把门带上了。站在一片漆黑的楼道里，四周一片寂静，我能感觉到从楼下吹来一团潮湿的气息，只听见血流在我耳边搏动，嗡嗡作响。我一动不动地站着。此时，从萨拉马诺的房间里，传来那条狗的呜咽声。

四

这一周，我都在埋头工作。雷蒙来找过我，说他已经寄出了那封信。我和埃玛纽埃尔去看了两次电影，有时他看不懂剧情，我还得给他解释一番。昨天是周六，玛丽如约来找我。她的出现一下子勾起了我的欲望，因为她穿了一件漂亮的红白条纹连衣裙，脚上踩着一双皮质凉鞋。裙子勾勒出她坚挺迷人的胸部曲线，晒得黝黑的脸颊让她整个人容光焕发。我们搭巴士离开了阿尔及尔，来到几公里外的海滩。四处岩壁环绕，靠近岸边的一侧长满了芦苇。傍晚时分，日光并不炎热，海水却被晒得暖洋洋的，水面上泛着慵懒低缓的细浪。玛丽教了我一个游戏，就是在游泳的时候把海浪表面的泡沫含到嘴里，然后翻身面向蓝天，把嘴里蓄的水喷洒到空中。轻盈的水花如泡沫般在空中消散，或像温暖的雨丝落回我脸上。但玩了一会儿之后，我的嘴就被咸涩的海水烧得发烫。玛丽游了过来，在水中紧贴着我。她吻了我。她的舌头贴在我唇间，感觉凉凉的。我们在水中漂浮了一会儿，随波逐流。

我们在海滩上换好了衣服，玛丽凝望着我，眼里闪着光。我吻了她。我们没有再多说一句话。我紧紧抱着她，只想赶快乘车回家，然后一头栽到床上。我特意没关窗，夏夜的凉风轻拂过我们古铜色的肌肤，那滋味真是舒畅惬意。

第二天早晨，玛丽留在我家没走，我提议可以一起吃个午饭。于是我下楼去买了些肉。回来上楼时，我听到雷蒙房间里有女人在说话。过了一会儿，萨拉马诺又对他的狗大喊大叫，随即传来脚步声和狗爪子划过地板的声音。接着就是萨拉马诺在大街上的叫骂声："浑蛋，脏狗！"我把这一人一狗的日常告诉了玛丽，她听后笑得很开心。她穿着我的睡衣，袖子挽起。她的笑容让我想再一次占有她。过了一会儿，她问我是否爱她。我告诉她这个问题没有任何意义，而且我认为自己并不爱她。她看起来很伤心。然而，在我们一起做午饭时，她又无缘无故地笑了起来，让我情不自禁再次亲吻她。就在这时，雷蒙家里突然传来一阵激烈的争吵声。

我们先是听见一个女人的尖声叫喊，然后雷蒙的声音响起："你敢背叛我、羞辱我？这就是背叛我的代价。"接着我们听到几声闷响，随之而来的是女人刺耳的尖叫声，很快，所有邻居都被这动静引出了房门。我和玛丽也出了门。那女人一直在惨叫，雷蒙还在不停地打她。玛丽对我说，这太可怕了，我没有回答她。她让我报警，我告诉她我不喜欢警察。没过多久，来了一名警察，住在二楼的水管工也来了。警察敲了敲门，房间里顿时安静下来。他敲得更使劲儿了。过了一会儿，女人的哭声响起，雷蒙开了门。他嘴上叼了根烟，表情扬扬得意。一个年轻的女人扑到门前，告诉警察雷蒙打了她。警察问道："叫什么名字？"雷蒙报出了名字。警察又命令道："把烟拿开再跟我说话。"雷蒙犹豫了一下，瞥了我一眼，接着又抽了一口烟。就在这时，警察给了他一记响亮的耳光，直接把他的烟卷打飞了。雷蒙脸色白了，一声不吭，过了一会儿才卑微地问，能不能把烟捡回来。警察答应了，还提醒道："下次记住，别把警察当傻子。"那年轻姑娘在旁边哭个不停，一直在控诉："他打了我。他是个皮条客。"雷蒙反驳说："警察大人，她污蔑别人是皮条客，这应该是犯法的吧？"警察冷声回应："闭嘴。"雷蒙转向那女孩，威胁道："走着瞧吧，这事没完。"警察让他闭嘴，命令女孩先离开，同时让雷蒙在家待着等警察局的传讯。警察还批评他毫无羞耻心，醉得全身都在发抖。雷蒙狡辩说："警察大人，我没醉。只是因为站在您面前，才止不住地发抖。"雷蒙关上门，大家也纷纷离去。玛丽和我继续做午饭，但她没什么胃口。我几乎把菜全吃了。她在下午一点钟走了，之后我又睡了会儿觉。

大约下午三点钟，雷蒙敲响了我家的门，走进了屋里。我还躺在床上，他坐在床边，一言不发。我问他当时到底发生了什么事。他告诉我，他按照计划行事，但那女人打了他一巴掌，所以他才还手。接下来的事我都亲眼见到了。我告诉他，看来那女人已经得到了应有的惩罚，他应该满意了。他也是这么想的，并且他认为警察怎么处理都没用，反正他已经如愿揍了她一顿。他还说自己对那些警察了如指掌，知道怎么应付他们。随后，他问我是不是期待着他还那警察一巴掌。我回答说，我什么都没期待，不过我本来就不喜欢警察。雷蒙听后似乎很高兴，问我想不想陪他出去走走。我起身梳理了一下头发。他跟我说，我得给他做证人。我无所谓，但我不知道他要我做什么证。按照他的说法，我只需要说那女人背叛了他。于是我答应了。

出门后，雷蒙请我喝了一杯白兰地。之后，他提议去打台球。我们就一起去了，只差一点儿我就赢了他。再然后，他又想去妓院，我拒绝了，我对那种地方没兴趣。于是我们悠悠闲闲地走回家，一路上他还在讲述惩罚了那女人他有多痛快。他对我很友好，当下这一刻颇令人愉快。

我远远地看见萨拉马诺站在门口，神情焦虑不安。走近了才发现，他的狗不见了。他四处张望，来回转圈，好似要看穿这昏暗的走廊，嘴里喃喃自语，已经发红的眼睛频频瞥向街道。雷蒙问他发生了什么事，他没有立刻回答。我只能勉强分辨出他在嘟囔：“浑蛋，脏狗！”他很烦躁。我问他狗去哪儿了。他阴阳怪气地回答说，狗跑掉了。接着，他突然加快了语速，急切地解释道："我照常把它带到了练兵场。那儿摊贩很多，到处都是人。我停下看了会儿'逃脱艺术之王'，准备走的时候，它就已经不见了。当然，我早就盘算着给它买个小点儿的项圈了。但我没想到那只脏狗就这么跑掉了。"

雷蒙说，那狗肯定是迷路了，迟早会回来的。他举了一大堆例子，以证明就算狗跑出几十公里，最后还是能回到主人身边的。听了这些话，那老人反而更着急了。"但是那些人会把它带走的，您明白吗？如果有人愿意收留它，那还不算太糟糕。但那是不可能的，大家都厌恶它的疮痂。警察肯定会把它抓走的。"我建议他去收容所找找看，或许交了费用之后就能把狗领回来了。他问我费用是不是很贵，我说不知道。接着他就愤怒地喊道："那小混蛋还要花我这么多钱。啊！让它去死吧！"他又开始咒骂那条狗。

雷蒙笑着上了楼。我跟在他身后，随后我们在楼梯间里道了别。过了一会儿，我听见了萨拉马诺上楼的脚步声，随后他又敲了敲我的门。我打开门，他在门口站了一会儿，终于开口说："对不起。"我问他要不要进门，他拒绝了。他盯着自己的脚，那双布满疮痂的手颤抖着。他没有看我，只是问道："告诉我，默尔索先生，他们不会真的把狗带走吧？他们一定要把它还给我啊。不然，我该怎么办？"我告诉他，收容所会将狗收留三天，等主人来认领，之后他们会自行处理掉那些狗。他沉默地看着我，最后说道："晚安。"我能听见他在房间里来回踱步，他的床也在吱嘎作响。接着，墙边又传来一阵微弱的怪声，我才意识到是他在哭。不知道为什么，我想起了妈妈。第二天我得早起，现在又没什么胃口，于是我没吃晚饭就上床睡觉了。

五

雷蒙打了通电话到我办公室来。他说他曾跟一个朋友提起过我，那位友人邀请我周日到他的海边别墅去度假，那里离阿尔及尔不远。我回答说我也很想去，但我已经约好了这一天要陪女朋友。雷蒙马上回应道，我女朋友也可以一同前往，并表示他朋友的妻子一定会很高兴，在一群男人之中能有个女人同行。

我本打算立刻挂断电话，因为我知道老板不喜欢我们接私人电话。但雷蒙让我稍等片刻，说他本来打算晚上再邀请我一起度假，但他还有另一件事要告诉我。他前女友的兄弟和几个阿拉伯朋友整天都在跟踪他。“如果你今晚回家时看到他在我家附近，拜托告诉我一声。”我答应了。

过了一会儿，老板说要见我。我有些不耐烦，以为他又要唠叨我少花点儿时间打电话，多花点儿时间工作。但他见我并不是为了这事。他说，他想和我谈一个还在筹划阶段的项目，想听听我的意见。他打算在巴黎设一个分部，以便直接和那里的大公司谈生意。他想知道我有没有兴趣去那里工作。这意味着我可以住在巴黎，每年还可以抽出一点儿时间去旅行。“你还年轻，应该会喜欢这种生活方式的。”我说是的，但实际上，我无所谓。接着他问我有没有兴趣改变自己的生活。我回答说，人无法真正地改变生活，再说了，每种生活都大同小异，我在这里的生活也不差。他听了不太高兴，说我从不给出明确的答复，说我胸无大志，这在生意场上是致命的弱点。于是我又回到工位工作去了。我本不想惹他不快，但我确实想不出有什么理由非要改变我的生活。认真思考之后，我发现自己其实挺快乐的。上学的时候，我曾经对事业充满抱负。但当我不得不放弃学业时，又很快意识到，这些抱负其实没有那么重要。

当天晚上，玛丽来我家，问我是否愿意娶她。我回答说无所谓，如果她想结婚那我们就结婚。接着，她又问我是否爱她。我还是像之前一样回答，爱不爱的根本没有意义，不过可以肯定的是，我不爱她。她问道："既然这样，我们为什么要结婚？"我解释道，这问题根本不重要，如果婚姻就是她想要的，结婚也没什么大不了。再说，这事是她先提的，我也乐意答应。她认为婚姻是一件很严肃的事情。我说："并非如此。"她不吭声，只一言不发地看着我。过了一会儿她问我，如果有另一个女人，在我心里和她处于同等地位，我是否也会答应和她结婚。我回答说："当然。"她随即开始怀疑自己是不是真的爱我，这是她自己的事，我当然无从得知。又一阵无言过后，她低声说道，她爱的明明就是我这样的“怪人”，可保不齐有天也会因此觉得我面目可憎。我无话可说。她笑了笑，挽住我的胳膊，说她还是想嫁给我。我说我们可以随时去登记。然后，我把老板可能要把我调去巴黎的计划告诉了玛丽，她说她也想去巴黎见识见识。我告诉她我曾在那里住过一段时间。她问我巴黎是什么样子的，我回答道：“那儿很脏，鸽子到处飞，院子也是黑乎乎的。那里的人一个个都面容憔悴。”

接着，我们沿着宽阔的街道在城里逛了逛。我问玛丽，有没有发现我们一路上见到的女人都十分貌美。她说注意到了，她能懂我。我们沉默了一阵儿。我想让她再陪我一会儿，于是提议一起去塞莱斯特的餐馆吃饭。她也很想去，但有事要办。快到我家时，我和她道了别。她看着我说：“你难道不想知道等下我要办什么事吗？”其实我想知道，只是没打算问，这似乎让她不高兴了，有点儿要责怪我的意思。我磕磕巴巴地解释，又把她逗笑了，她靠了过来，好让我吻她。

我去了塞莱斯特的餐馆吃晚饭。我才刚开始吃，有个奇怪的矮个子女人走了进来，问能不能和我拼桌。当然没问题。她的动作迅速敏捷，明亮的双眼嵌在那张圆圆的小脸上。她脱了外套坐下，然后开始研究菜单。随后，她把塞莱斯特招呼过来，把所有想吃的菜一一点好，语速极快。在等前菜上来时，她从包里掏出一个小笔记本和一支铅笔，算好了这顿饭所花的总金额；然后又掏出钱包，把精确计算过的饭钱和小费放到自己面前的桌上。就在这时，前菜端了上来，她立马狼吞虎咽地吃完了。在等下一道菜的时候，她从包里拿出一支蓝色铅笔和一本杂志，杂志上列出了本周的电台节目表。她一丝不苟地在几乎每一个节目旁边打了钩。这本杂志有十二页厚，于是她一边仔细地打钩，一边吃完了整顿饭。我已经吃完了，但她还在忘我地做笔记。吃过饭后，她站起来穿好了外套，动作如同机器人般精准，然后离开了餐厅。我也无所事事地跟着她走了出去。她径直走到人行道上，全神贯注地沿路前行，脚步快得令人难以置信，连头也没回。最后我把她跟丢了，于是转身回了家。她这人怪怪的，但我很快就把这事抛诸脑后。

我看见萨拉马诺正站在我家门前，我把他请了进屋。他对我说，他的狗真的失踪了，在收容所也没能找到。那里的员工告诉他，狗可能是被车撞了。他问能不能报警调查清楚，员工们说这些琐事每天都在发生，警察不会立案的。我建议萨拉马诺再养一条狗，但他说已经习惯了跟原来那条狗一起生活。他的话也有道理。

我坐在床边，萨拉马诺则坐在桌旁的一把椅子上。他正对着我，双手放在膝盖上，头上还戴着那顶旧毡帽。他那嘴巴在发黄的胡子底下念念有词，声音含糊不清，很难听懂。我有些不耐烦，但我无事可做，也没有睡意。为了打破沉默，我随口问起他的狗。他告诉我，那狗是他在他妻子去世之后养的。他结婚得晚，年轻时曾梦想在剧院里工作，后来还在军队里的歌舞团表演过，为其他士兵提供娱乐。但最后，他从事了铁路行业。他并不后悔选择了这份工作，因为如今，他有微薄的退休金可以领。他和妻子关系并不好，但最终也习惯了她的陪伴。妻子去世后，他一个人十分孤独，于是向一位同事要来了一条小狗，从幼崽时开始养，还得用奶瓶来喂它。然而，狗的寿命终究不如人长，他们俩最后都变老了。萨拉马诺告诉我："它脾气很臭，我们时不时就吵架。但它是条好狗。"我称赞这狗是个好品种，萨拉马诺听了很开心。他补充道："你可没见过它生病之前的样子，那时它的毛发可漂亮了。"自从那狗得了皮肤病后，萨拉马诺每天早晚都要给它涂药膏。但他认为，那狗真正的病根是衰老。而衰老，是任何药物都无法治愈的。

我打了个哈欠，萨拉马诺便说他要走了。我跟他说，可以再待一会儿，并对那狗的遭遇表示遗憾。他向我道了谢，还说我妈妈很喜欢他的狗。提到妈妈的时候，他称她为“你那可怜的母亲”，猜想妈妈去世后我一定很难过，我没吭声。接着，他有些尴尬地说，他知道邻居们对我把妈妈送进养老院的事颇有微词，但他了解我的为人，认为我肯定很爱妈妈。我回答说，我一直不知道人们对这事有意见，也不明白为什么，我的收入不足以雇人来照顾她，那送她进养老院再正常不过了。我接着说：“再说了，很久以来，我妈妈对着我都是无话可说，她自己一个人也很孤单。”他表示赞同：“是的，至少她在养老院还能交点朋友。”然后他说他该走了，想上床休息了。他的生活现在已然改变，他也不知道接下来该怎么办。自我认识他以来，他第一次腼腆地向我伸出手。我握了握他的手，能感觉到他皮肤上的粗糙皮屑。他微笑了一下，在离开时说道："希望今晚不要有狗叫声。不然我老觉得那是我的狗在叫。"

六

周日早晨，我睡得醒不过来，玛丽不得不边喊我的名字边摇醒我。我们没吃早饭，因为打算早点儿去游泳。我感到一阵空虚，头有些疼，烟的味道也变得苦涩。玛丽调侃我，说我“看起来像只鬼”。她穿了一条白色亚麻连衣裙，披散着头发。我对她说，她很美。她笑得很开心。

在下楼的途中，我们敲了雷蒙的门。他喊道：“马上就来。”走到街上，太阳已经高挂，十分炎热。我很累，再加上我们在屋里一直关着百叶窗，出门感觉就像被太阳扇了一个耳光。玛丽兴奋得不停说今天天气真好。等感觉好一些了，我才意识到自己饿了。我跟玛丽说我饿了，她指了指装着泳衣和毛巾的海滩包。我只好再等一会儿。接着，我们就听到雷蒙关门的声音。他穿着蓝色裤子和一件短袖白衬衫，但头上戴着一顶草帽，玛丽看了直笑起来。他露出的手臂皮肤非常白，上面覆盖了一层浓密的黑色汗毛，我看了感觉不太舒服。他哼着小曲下楼，看起来兴高采烈。他跟我打了个招呼："早上好啊，兄弟。"对玛丽，他则称呼"小姐"。

前一天，我们去了警察局。我做了笔录，为雷蒙证明是那女人"冒犯"了他。雷蒙最后只是被警告了事。而且，没人核实过我的证词。我们站在门口聊了几句这事，随后决定坐公交车去海滩。那儿不算远，不过坐公交车能快点儿到。雷蒙觉得我们早点儿到比较好，他的朋友一定会很高兴。正准备出发时，雷蒙忽然示意我看街对面。我看到一群阿拉伯人靠在烟草店的窗前，用一种怪异的眼神默默盯着我们看，仿佛看的不是我们，而是一些石头和枯树。雷蒙神情有些担忧，他告诉我，左数第二个就是之前他提到的那个人。但随即他又说，那都是些过去的事了，不必担心。玛丽不知道来龙去脉，问我们出了什么事。我告诉她，那些阿拉伯人和雷蒙有过节。于是她想赶快离开。雷蒙一下站直了，笑着说，我们要尽快出发了。

我们向前走到稍远一点儿的公交站，雷蒙说那些阿拉伯人没有跟来。我回头看了一眼，他们的确还站在原地，只是用同样淡漠的眼神盯着刚刚那个地方。我们上了公交车，雷蒙终于松了口气，开始不停地逗玛丽笑。我感觉雷蒙对玛丽有点儿意思，但她几乎不怎么搭理他，只是偶尔瞥他一眼，然后轻笑起来。

我们在阿尔及尔的郊区下了车。海滩离公交站不远，但我们必须翻过一个小山坡，从坡顶可以俯瞰大海，随即可沿着陡峭的斜坡走到沙滩上。山坡上满是黄褐色的岩石，还有在蓝天下熠熠生辉的白水仙。玛丽挥舞着她的沙滩包把那些花瓣打散，她觉得这样很有意思。我们穿过一排排的小别墅，别墅外面大多围着或绿或白的篱笆。有的房子带着阳台，一同被遮掩在红柳丛里，其他的则突兀地立在岩石间。还没走到坡顶边缘，我们就已经窥见平静的海面，以及远处一个巨大的、荒无人烟的岬角，立在澄澈的水域中。微弱的马达声从远处传来，打破了这一片宁静的空气。接着，我们瞧见远处有一艘小型拖网渔船，穿过澄净透亮的海面慢慢向我们驶来。玛丽摘了几朵长在岩石缝里的小鸢尾花。沿着通向海边的斜坡走下去时，我们看见有几个人已经入水了。

雷蒙的朋友住在海滩另一头的一座小木屋里。那房子背靠悬崖，屋前用作支撑的木柱浸没在水下。雷蒙向我们介绍了他的朋友。他的朋友叫马松，身材魁梧，肩膀宽阔。他的妻子身材圆润，操着一口巴黎腔，平易近人。马松让我们不必拘束，还说他们正在煎早上捕到的鱼。我称赞道，他的房子十分漂亮。他说周末和假日他都会在这里度假。他还补充道："我夫人很擅长和别人打交道。"听了这话，他的妻子和玛丽一同笑了起来。这也许是我第一次意识到，我真的要结婚了。

马松想去游泳，但他的妻子和雷蒙不想同去。于是我们三个人下了海滩，玛丽一头扎进了水里。我和马松在岸边待了一会儿。他说话慢条斯理，还有个口头禅，总喜欢在每句话末尾加一句"而且"，然而他接下来的话并没有补充什么新的信息。谈到玛丽时，他评价道："她是个迷人的姑娘，而且魅力十足。"之后，我就没再注意他这个口头禅了，只想着沐浴阳光的惬意。脚下的沙子已然被晒热。我迫不及待想要下水，但还是等了马松一会儿。最终我忍不住对马松说："准备好了吗？"我立马跳进海里。马松则慢慢地走进水里，走到水深得无法站立时才游起来。他在游蛙泳，但游得不好。于是我离开他自顾自地去找玛丽了。水很冷，但我很享受游泳的感觉。玛丽和我一起游了很远，彼此默契配合，享受着待在一起的时光。

我们游到了更开阔的地方，翻了个身仰面浮在水上。我望着天空，脸上淌的几滴水也被太阳烘干了。我们看见马松已经回到沙滩上，躺着晒太阳去了。即便是从远处看过去，他的身材仍显得十分魁梧。玛丽提议我们同游共泳。于是我游到她身后，双手环住她的腰，她用手臂划水，而我则用双腿打水向前游。早晨的阳光洒在水面上，轻柔的水花溅起，发出沙沙的响声。我们被这美妙的声音环绕着，直到我感觉累了。我把玛丽留在原地，自己以正常的姿势游了回去。深吸几口气后，我在马松身旁趴下，把头埋进沙子里休息。我对他说："真舒服啊。"他表示赞同。不久后玛丽也回到岸上。我转身看见她朝我们走来。她全身海水淋漓，手里拢着湿漉漉的头发。她躺下来，大腿紧贴着我的大腿。她身上的温热，加上沐浴着的阳光，让我开始昏昏欲睡。

玛丽把我摇醒，告诉我马松已经回屋准备午饭了。我确实有点儿饿了，于是立刻起了身。玛丽说，从早上到现在我还没吻过她。是这样没错，只是我确实没那兴致。她说：“到水里去吧。”我们跑进水里，溅起一片水花。我们游了一会儿，她整个人贴在我身上。感觉到她的双腿缠在我的腿上，立马激起了我的欲望。

当我们从水里出来时，马松已经在喊我们了。我说我很饿。他立刻对他妻子说，他就喜欢我说话直接。他们做的面包很美味。我狼吞虎咽地吃完了鱼，然后又吃了一些肉和炸土豆。大家都专心地吃着饭。马松喝了很多酒，还不停地往我杯里倒酒。到了喝咖啡的时候，我觉得头很沉，抽了很多烟。马松、雷蒙和我聊起八月份可以再来海边度假，讨论分摊费用的计划。玛丽突然说：“你们知道现在几点吗？才十一点半。”我们都很惊讶。马松说我们午饭吃得很早，这很正常，饿了的时候自然就是饭点。我不知道为什么玛丽在这时笑了起来，我想她可能是喝多了。随后，马松问我要不要和他去海滩散散步。“我妻子午饭后总是要打个盹儿。但我不喜欢睡午觉，我要散步消消食。我一直告诉她，饭后散步更健康。不过她想怎样就怎样吧。”玛丽决定留下来帮马松的妻子洗碗。这位带有巴黎口音的小个子女士要求我们男人都走开，这样她们才能收拾干净。于是我们三个都出去了。

烈日把沙子烤得滚烫，阳光经过海面的反射亮得刺眼。海滩上空无一人，只听见那些坐落在坡地两旁的小屋里，传出一阵阵刀叉和餐盘碰撞的叮当声。热浪从岩石缝和地面升腾而起，闷得人喘不过气来。一开始，雷蒙和马松聊了很多我不知道的人和事，我才意识到他们已经认识很久了，甚至还一起住过一段时间。我们朝着大海走去，沿着岸边缓步前行。时不时几层浪花卷来，打湿了我们的帆布鞋。我没戴帽子，头顶的太阳直照下来，晒得我大脑一片空白，直想打瞌睡。

这时，雷蒙跟马松低声说了几句话，我没听清。与此同时，我注意到远处，海滩的另一头，有两个穿蓝色工装的阿拉伯人正朝我们走来。我看向雷蒙，他说："就是他。"我们继续走着。马松问他们是怎么一路跟到这里的。我猜想，应该是因为他们看到我们坐公交的时候带着沙滩包。但我什么也没说。

那些阿拉伯人走得很慢，但他们已经离我们越来越近。我们仍然保持着原来的步调继续前进，雷蒙却说："如果打起来，马松来对付另一个人。我来对付我的仇家。如果还有其他人出现，那就交给你了，默尔索。"我应了声"好"。接着，马松把手揣进口袋里。这时，沙子几乎被烫得发红。我们稳步向阿拉伯人走去，距离他们越来越近。仅剩几步之遥时，那些阿拉伯人停了下来。马松和我也跟着放慢了脚步。雷蒙径直朝他的目标对手走去。我听不清雷蒙对他说了什么，但那个阿拉伯人突然做了一个带有威胁意味的手势，假意要挥拳打他。于是雷蒙抢先出手，接着立刻喊马松上前。马松走到另一个阿拉伯人面前，铆足了劲揍了他两拳。那人脸朝下跌入了水里，有好几秒一动不动，头顶周围冒出几个小气泡。与此同时，雷蒙已经把他的仇家打得满脸是血。雷蒙转身对我说："看我怎么收拾他。"我大喊："小心，他有刀！"说时迟那时快，雷蒙的胳膊被割伤了，嘴角也划破了。

马松猛地向前冲。然而此时，另一个阿拉伯人已经站了起来，走到了持刀者身后。我们不敢轻举妄动。他们缓慢地向后退，眼睛始终盯着我们，举着那把刀和我们保持距离。等他们确认退得够远了，便立马转身飞速逃跑，而我们还呆站在炙热的阳光下，雷蒙的手臂还在流血。

马松急忙告诉我们，山坡上有位医生，每周

日都会到这里来。雷蒙想马上去找医生。但他一开口，嘴里的伤口就冒出细小的血泡。我们搀扶着他，尽可能快速地回到了小屋。到家后，雷蒙说他只是受了点儿皮外伤，但还是去看看医生比较稳妥。他和马松一同出去了，而我则留下来跟两位女士解释刚刚发生的事情。马松的妻子听完就哭了起来，玛丽则白着一张脸。跟她们解释这来龙去脉实在是有点儿烦人。最后，我什么也没说，只是点了支烟，望向大海。

下午一点半左右，雷蒙和马松回来了。他的胳膊缠着绷带，嘴角也贴了一块胶布。医生说伤势不重，但雷蒙仍然沉着脸。马松试图逗他开心，但他还是一言不发。过了一会儿，雷蒙说他想去海边散散步。我问他要去哪里，他回答说想要去透透气。马松和我都表示乐意陪他一起去，他却对我们发了火，骂了我们几句。马松提醒我，现在最好不要惹他生气。尽管如此，我还是跟着他出了门。

我们沿着海滩走了很久。此刻烈日炎炎，炽热的阳光倾泻而下，在沙滩与海面上碎成点点光斑。我感觉雷蒙似乎正朝着一个明确的目的地走去，但也许只是我的错觉。我们走到了海滩的尽头，那里有一股泉水从一块巨大的岩石后潺潺流出，最终流进沙子里。在这儿，我们又碰见了那两个阿拉伯人。他们身上的蓝色工装被汗湿透，两人就这样躺着，神情安然自得，甚至有一丝愉悦。他们仿佛完全不在意我们的到来，表情没有丝毫波动。袭击雷蒙的那个人只是静静地盯着他，另一个人则拿着一支小笛子，反复吹奏着三个简单的音符，用余光瞥着我们看。

在阳光和寂静的包围中，唯有流水的叮咚声和那三个音符回荡着。雷蒙从口袋里掏出一把枪，但那个阿拉伯人没有任何动作，只是直直盯着雷蒙看。我注意到吹笛的那个阿拉伯人将脚趾撑得很开。雷蒙盯着他的死对头问我："我要不要一枪崩了他？”我想如果我说不，他会更激动，很可能会直接开枪。于是我只是说：“他话都还没说两句呢，此时开枪不妥。”在烈日和一片寂静中，潺潺流水声和那单调的笛音仍在回响。雷蒙接着说：“那好，我先骂他两句，他敢回嘴我就开枪。”我回道：“可以。但是如果他不拔刀，你也不能开枪。”雷蒙越来越恼火。另一个阿拉伯人还在吹笛，两人都紧盯着我们，注视着雷蒙的一举一动。“不，”我对雷蒙说，“不如这样，你去和他单挑，把枪给我。如果那个人插手，或是他掏刀子，我就开枪。”

雷蒙把枪递给了我，阳光在枪身上闪烁。我们站在那里一动不动，仿佛空气都在我们四周凝住。我们紧紧盯着对方，一切都静止了，仿佛被困在海洋、沙粒和阳光之间，笛声和水声在此时都听不见了。在那一刻，我意识到自己可以自由选择开枪或不开枪。然而突然间，那两个阿拉伯人从我们跟前撤退，躲到了岩石后面。于是雷蒙和我也转身走人。雷蒙似乎舒坦多了，还开始讨论我们该坐哪辆公交车回家。

我和雷蒙一起走回了海边的小屋。他走上木梯时，我却在第一个台阶停住了脚步。太阳晒得我头痛，一想到要爬这长长的楼梯，还要应付那些女人，我就连脚步都迈不开了。但这周围热浪滚滚，阳光从天空倾泻而下，在这烈日下，就连站着不动都是一种折磨。是去是留对我来说没什么所谓。于是片刻后，我转过身朝海滩走去。

那耀眼的烈日仍然如火焰般炙热。海面在热浪中翻涌，送来一阵又一阵的浪花拍打着岸边的沙粒。我缓慢地向那颗岩石走去，感觉额头在炽热的阳光下慢慢膨胀起来。热浪像一只无形的手重重地压在我身上，仿佛要将我逼退。每当灼热的气流扑面而来，我便咬紧牙关，在口袋里握紧拳头，整个人紧绷着，拼命抵抗炽烈的阳光和它带来的炫目气焰。每当从沙滩上、白色贝壳或碎玻璃片上射来一束光，我的下巴都会不自觉绷紧。我就这样走了很久。

我远远地瞧见那块岩石投在沙滩上的小块黑影，周围被刺眼的光晕和飞溅的海水环绕。我想着岩石后清凉的水流，无比渴望逃离这炽热的阳光和女人们的泪水，放松紧绷着的神经，在那方寸遮蔽中重归于平静。然而，我走近一看，才发现雷蒙的死对头阿拉伯人又回来了。

他独自一人，仰面躺着，双手枕在脖颈下，额头隐没在岩石投下的阴影中，全身沐浴在阳光里。他的工装服在热气中蒸腾。我有些意外。在我看来，这件事已经了结，我也只是偶然来到这里。

看到我来了，他稍稍直起了身，把手伸进口袋。我下意识地摸了摸雷蒙的手枪。接着，他又躺了回去，但始终没有把手从口袋里拿出来。我跟他之间还有一段距离，大概十米。我能看到他时不时瞥我一眼，眼睛半闭着。但大多数时候，我感觉他的脸在我眼前滚烫的热浪中晃动。海浪的声音变得更加慵懒，比正午时分要平静许多。太阳依旧无情地照耀着，在沙滩上投下一片金光。已经两个小时了，太阳仍高悬在空中，仿佛在两小时前，日光在熔化的金属海洋中抛了锚。地平线上，一艘小蒸汽船驶过，我只用余光瞥见它的黑影，因为我的视线一直没离开过那个阿拉伯人。

我想着，只要现在转身离开，一切就都结束了。然而，整个沙滩在阳光的曝晒下晃动着，似乎在逼迫我继续前行。我朝泉水迈出了几步，那人没有动。我其实离他很远。许是因为被阴影遮住了脸，他看起来似乎在笑。我停下了脚步。太阳灼烧着我的脸，我能感觉到汗珠一颗颗落在我的眉毛上方。那是和妈妈葬礼那天一样滚烫的阳光，我的前额还和那时一样疼，能感受到每一根血管都在皮肤下跳动。我好像被活活烤着，实在受不了了，只好又往前走了一步。我知道这么做很蠢，仅仅走这么一步是躲不了太阳的。但我还是迈出了这一步，只是一步。就在这时，阿拉伯人从口袋里掏出了刀。他没有起身，只是在阳光下朝我举起了刀。钢刃上反射的阳光就像一把闪亮的长刀深深地刺进了我的前额。就在这时，积聚在我眉毛上的汗水突然涌进了我的眼睛，汗水和泪水形成一层温热而厚重的水膜，遮挡住我的视线。我只觉阳光像锣鼓般撞击着我的额头，那刀则像一把炙热的剑悬在我头上。灼热的锋刃穿透我的睫毛，刺入我疼痛的双眼。这时，一切都晃动了起来。大海发出沉重的叹息。天空似乎从一端裂开，把火焰倾泻在我身上。我全身紧绷着，紧握着手中的枪，扣动了扳机。我感受着手中光滑的枪管。突然间，在一阵尖锐的、震耳欲聋的响声中，一切都开始了。我甩掉了汗水和阳光，意识到自己破坏了这一天的平衡，打破了沙滩上特有的那片曾让我幸福无比的宁静。接着，我又朝那具已然没有生气的躯壳开了四枪。子弹陷入其中，毫无痕迹。仿佛，我在命运之门上重重地敲了四下。

第二部分

一

被捕后，我接受了几次审讯，时间都不长，他们只问了一些简单的问题来确认我的身份。第一次审讯是在警局里，似乎没人对我的案子感兴趣。不过一周后，负责调查的预审法官对我颇为好奇，直盯着我看。一开始，他问了我的姓名、住址、职业、出生日期以及出生地。接着，他问我是否请了律师为自己辩护。我说没有，还问他请律师是不是必要的环节。他反问我："为什么不请呢？"我回答说，我觉得这案子并不难办。他笑了笑："这是您的看法。但法律条文写得清清楚楚，不是您想得那么简单。如果您没有请律师，法院会为您指派一位。"我对他说，原来司法部门还能替我处理这些细枝末节，可真是方便。他也颇为赞同，法律确实制定得很周全。

起初，我没把他当回事。审讯是在一个房间里进行的，里头的窗边挂着帘子，桌上有盏小灯，我坐在被灯光照亮的扶手椅上，法官则坐在暗处。我曾在书里读到过这一幕场景，于是这场审讯显得更像一场游戏。聊了几句后，我细细打量起他来。他个子颇高，面容清秀，脸上嵌着一双深邃的蓝眼睛，留着长长的灰胡子，浓密的头发几乎全白了。如果忽略他那时不时抽搐的嘴角，他其实长了张十分通情达理的脸，甚至可以称得上和蔼可亲。我起身准备离开时，居然下意识地想和他握个手，随即才想起这双手前阵子才杀过人。

第二天，一位律师来监狱见我。他又矮又胖，年纪轻轻，头发整齐地向后梳着。天气炎热，我只穿了一件衬衫，他却穿了一身深色西装，搭配翼领和一条奇怪的黑白宽条纹领带。他把随身的公文包放在我的床上，自我介绍了一番，并告知我他已经研究过我的案件。他觉着这案子有些棘手，但他有信心胜诉，前提是需要我充分信任他。我道了谢，他便说："那我们言归正传。"

他坐在我的床上向我解释，他们已经对我私下的生活情况有了大概了解。他们得知我母亲不久前在养老院去世，便前往马伦戈做了一些调查，还听闻我在妈妈葬礼那天"没有任何真情流露"。律师说："抱歉，我必须把这些问题搞清楚，这非常重要。如果我无法做出有力的反驳，检方会咬死这一点来攻击你。"他希望我为他提供更多细节。他问我那天是否感到悲伤。这问题让我有些意外，甚至想象到如果换作我向别人提出这样的问题，我一定会非常尴尬。不过，我还是回答道，我已经不太习惯剖析自己的情感了，因此难以准确描述我那天的感受。我当然很爱妈妈，但这说明不了什么。每个普通人都或多或少设想过，自己爱的人有朝一日会离世。在我说这话的时候，律师焦躁不安地打断了我，提醒我不要在法庭上或是在审问的法官面前说这些话。我只好对他解释，我这人有个特点，那就是躯体的感觉常常会干扰我的情感。在妈妈葬礼那天，我又累又困，昏昏沉沉的不知道发生了什么。但我可以肯定的是，我当然希望妈妈还活着。然而，律师对这番说辞并不满意。他说："只说这些还不够有说服力。"

沉思片刻后，他问我，这是否可以解释为，那天我只是在强忍悲痛。我回答说："不，因为事实并非如此。"他用一种奇怪的眼神瞧我，目光中似乎夹杂着一丝厌恶。他带着几分恶意警告我，不管怎样，养老院的院长和员工都会作为证人出庭做证，情况对我"十分不利"。我指出，葬礼当天发生的事和我的案子并没有直接关系。然而，他只是冷冷回应道，显然我从来没有和司法部门打过交道。

他脸色阴沉地离开了。我本想叫住他，向他解释，希望他能理解我。这不是为了让他替我辩护时更有底气，而是因为我的感受本身就是合情合理的。我发现，他对这话有些反感。显然，他不仅理解不了我，甚至对我生了点儿怨气。我很想告诉他，我和其他人没什么不同，大家都一样。但最终我又觉得没有必要解释，太费口舌，只好作罢。

不久之后，我又一次被带去接受审讯。这次是在下午两点，他的办公室里洒满了阳光，薄薄的窗帘基本上遮不了光。天非常热。他彬彬有礼地请我坐下，还告诉我律师因为“突发事件”暂时无法到场，但我有权拒绝回答他的问题，等候律师的到来。我说我能回答他的问题。随后，他按了一下桌上的铃，一个年轻的书记员走了进来，坐在了我身后，离我很近。

我们都坐了下来，审问开始了。他首先告诉我，有人形容我沉默寡言，不喜与人交流，想知道我对此如何回应。我答道："我只是没什么要说的，所以保持沉默。"他笑了起来，就像我们第一次见面时那样。他承认这是个无懈可击的理由，并补充道："无论如何，这并不重要。"他沉默地盯着我瞧了一会儿，接着坐直了身子，突然说道："我对你很好奇。"我不太明白他的意思，没有吭声。他接着说："我对你的某些行为不太理解，希望你能帮我解开这些疑惑。"我对他说，整件事并不复杂。他让我再陈述一遍我当天做过的事情。于是我又重复了一次我已经讲过的内容：雷蒙、海滩、游泳、打斗、再次去海滩、水流、阳光，还有我开的那五枪。在我讲述的过程中，他一直在喃喃自语："很好，很好。"当我讲到那人的尸体就这么躺在那里时，他点了点头表示认可，又重复道："很好。"我已经厌倦了一遍又一遍地重复讲同一个故事，感觉自己从来没说过这么多话。

片刻的沉默后，他站了起来，对我说他想帮

我，他觉得我很有趣。他说如果上帝宽恕，他或许能帮我做点儿什么。但在那之前，他想再问我几个问题。他一秒也没有停顿，直接问我是否爱我的母亲。我说："是的，就像所有人一样。"那位书记员打字的节奏一直很平稳，直到这时他顿了一下，可能是打错了字，还得折回去修改。接着，法官又再次无缘无故地问我是否连续开了五枪。我想了想，解释说我先开了一枪，停顿了几秒后才又开了接下来的四枪。他问道："为什么在第一枪和第二枪之间要停顿一下呢？"我又一次回想起那片灼热的沙滩，感觉到滚烫的阳光烘烤着我的额头。但这次，我没有回答。我一直没有说话，法官似乎越来越激动。他坐下来，把手指插进头发里，双肘撑在桌子上，最终带着一种奇怪的表情朝我俯下身："为什么，为什么您要对一个死人开枪？"我依然不知道该说什么。法官抹了下额头，换了种语气又一次重复了他的问题："为什么？您必须回答。究竟是为什么？”我依旧沉默不语。

他突然站了起来，快步走到办公室另一侧，拉开了文件柜的一个抽屉，从中取出一个银色的十字架，边挥舞着十字架边向我靠近。他用一种与刚才截然不同的嗓音，几乎颤着声朝我吼道：“您知道这是谁吗？”我说：“知道，我当然知道。”他随即充满激情、语速飞快地对我说，他对上帝深信不疑，坚信上帝会宽恕每个罪孽深重的人，但若想得到宽恕，人必须忏悔，重新敞开赤裸的灵魂，准备好迎接一切。他几乎趴在桌子上，整个人向我这一侧倾斜，挥动着的十字架几乎正悬在我的头顶。说实话，我很难跟上他的思路。一方面是因为我很热，还有几只苍蝇不停地飞到我脸上，其次是他有点儿吓到我了。与此同时，我感觉这情形有些荒谬，说到底，我才应该是那个吓人的罪犯。但他仍在不停地叨叨。我隐约明白了，在他看来，我的供词里有一个令人费解的疑点，那就是我为什么会在开第二枪之前停顿一下。其余的部分都可以解释得清清楚楚，唯独这一点，他实在无法理解。

我劝他，继续纠缠这个问题没有意义，它根本不重要。但他打断了我，挺直身子，严肃地要求我做最后的回答，问我到底相不相信上帝。我说不信。他重新坐下，愤愤不平地说这不可能，世人坚信上帝的存在，哪怕是那些背弃了上帝的人。这是他坚定不移的信念，如果连这一点也要被质疑，他的生命将失去意义。“您这是要剥夺我人生的意义吗？”他喊道。在我看来，这与我无关，我如实跟他说了。此时，他隔着桌子把十字架上的基督像推到我面前，像个疯子一样咆哮：“我是基督徒！我请求基督宽恕您的罪过！他为您受尽磨难，您怎能不信呢？”我顿时发现，他此刻的话语夹杂了过多的个人情绪，像教育小孩一样对我说话，我真是受够了。天越来越热了。像往常一样，每当我想摆脱那些令我厌烦的谈话时，我都会敷衍地假装附和他们。我没想到，他竟然充满希望地对我说："看吧，您现在相信了上帝是存在的，您相信他会宽恕您的，对吧？"毫无疑问，我再次答道："不信。"他无力地倒回椅子里。

他看起来身心俱疲，好一会儿没说话。一旁的书记员记录了整个对话，此时正在输入最后几句话。随后，法官用一种略带悲伤的神情注视着我，轻声说道："我从未见过像您这样冷硬的灵魂。以往每个站在我面前的罪犯，看见这个十字架都会痛哭流涕。"我刚想回答说，那是因为他们都犯了罪，可随后我便意识到，自己也是个罪犯——这个事实让我有些难以接受。法官站起来，仿佛暗示着审讯即将结束。而后，他只用同样无力的语气问了我一句："您是否对自己所做的一切感到后悔？"我思索片刻，回答说，与其说我是真的后悔了，倒不如说我是厌倦了。我觉得他并没有理解我的意思。不过那天也就到此为止了。

在接下来的几天里，我经常见到预审法官，不过每次我的律师都在场。审讯大多是基于我之前给出的供词再确认一些细节，或是法官和律师讨论我的指控罪名。但说实话，他们谈话的时候，从来没理会过我本人。渐渐地，审讯的气氛发生了变化。法官似乎对我失去了兴趣，在心里给我的案子画上了句号。他不再和我谈起上帝，我也没再见过他像上次那般激动。我们的谈话反而因此变得更加融洽平和。只是几轮简单的提问，与我的律师简短地商讨一会儿，审讯就这么结束了。如法官所说，我的案子正在稳步推进。偶尔，当他们谈论一些较为宽泛的话题时，我居然也能加入其中。我终于能松一口气了。在这些审讯过程中，没人苛待我。一切都是那么自然、有序、一丝不苟，以至于我时常有种莫名其妙的感觉，仿佛我们是其乐融融的“一家人”。在这长达十一个月的调查过程中，我可以坦诚地说，唯一能令我感到愉快的，竟是为数不多的几个时刻：法官亲自送我到他的办公室门口，友善地拍拍我的肩膀，用轻松的语气说："今天先到此为止吧，基督敌对分子。"接着我就会被送回狱警手里。

二

有些事情我从来都不喜欢谈论。在入狱后不久我就发现，以后我一定会对入狱头几天的生活避而不谈。

过了一些时日，前几天的生活已经不足称道了，这些根本不重要。说实话，在头几天，我还没真的感觉自己在坐牢，只是在浑浑噩噩地等着新的转折出现。直到玛丽第一次，也是唯一一次来探望我，我的监狱生活才算是真正开始了。某天，我收到了她的来信，信上说她的探监申请被拒绝了，因为她不是我的妻子。从那天起，我感觉牢房成了我的家，我的一生也将在这里结束。被捕那天，我和几个囚犯被关在同一个房间里。他们大多是阿拉伯人，见了我都笑了起来，问我犯了什么事。我说我杀了一个阿拉伯人，他们一下子不吭声了。没过多久，夜幕降临，他们教我如何铺床，告诉我把床垫的一端卷起来可以当成枕头。整晚，都有虫子在我脸上爬来爬去。几天后，我被转到一个单人牢房，可以睡在木床上。房里放了一个马桶，还有一个金属洗脸盆。监狱位于镇上的一个高地，我能透过牢里的小窗看到大海。有一天，我扒着窗户的铁栏，脸朝向太阳。这时一个狱警进来说有人来探望我，我猜想一定是玛丽来了。果真是她。

我穿过一条长长的走廊，随后爬了一段楼梯，最后又穿过另一条走廊，才终于到了探访区。我走进了一个宽敞明亮的房间，阳光透过一个巨大的落地窗照了进来。房间被两排巨大的铁栏杆纵向划出了三个区域，两排栏杆之间有八到十米的间隔，将囚犯与访客分隔开来。我看到玛丽坐在我对面，她的脸晒得黝黑，穿着条纹连衣裙。我这一侧有十来个囚犯，大多数是阿拉伯人。玛丽被一群阿拉伯妇女包围，坐在两个陌生的探访者之间。一个是穿了一身黑衣的小老太太，嘴唇紧紧抿着；另一个则是个没戴头巾的胖女人，嗓门儿很大，还不停做着各种手势。由于探访者和囚犯之间隔着一段距离，大家不得不提高音量来交流。我刚进门时，空荡荡的墙壁间回荡着刺耳的谈话声，连同窗外照进来的阳光一起，让我头晕目眩。我的牢房要安静得多，也更昏暗。我花了几秒钟来适应这个全新的环境。随后，我能清楚地看到每一张脸，他们的轮廓在明亮的阳光下清晰可见。我还注意到，一名狱警坐在两排栏杆之间区域的尽头。大多数阿拉伯囚犯和他们的家人都坐在地上，彼此面对面。他们并没有喧哗，尽管现场很嘈杂，他们依然能够设法听到彼此的低语。他们的低声耳语盘旋在地面附近，成了一种柔和的背景音乐，与头顶上交错的对话声相得益彰。我一边向玛丽走去，一边看着这个场景。玛丽靠在了栏杆上，勉强对我露出一个明艳的笑容。我觉得她非常漂亮，但不知道怎么告诉她这种感受。

她大声说："我来了。你还好吗？你需要的东西都带齐了吗？""都带齐了。"

我们有一会儿没说话，玛丽依旧保持着微笑。那个胖女人对着我旁边的男人大喊大叫，那人大概是她的丈夫。他是个皮肤白皙、面容诚恳的壮汉。他们的谈话已经开始了一阵子，现在还在继续。

"珍妮不想要他！"胖女人声嘶力竭地喊道。那个男人也喊了回去："我知道，我知道。""我跟她说了你出狱之后会把他接回来的，但她还是不愿意要他！"

玛丽大声喊着，转达了雷蒙的问候，我回答道："谢谢。"但我的声音被旁边的男人压过了，他在大声问："他还好吗？"他的妻子笑着说："好得很。"我注意到坐在我左侧的囚犯，那是个手很纤细的年轻人，从来没开口说过话。他的正对面坐着个小老太太，两人专注地凝望着彼此。但我没时间再观察他们，因为玛丽又喊了起来，她让我不要放弃希望。我说："好。"我看着她，想碰碰她的肩膀，想感受她那柔软的裙摆，心里却不知道我还能有哪门子希望。不过玛丽说的大概是这个意思吧，她还在笑着，我只能看见她的皓齿和眼角的细纹。她又喊道："你会出来的，到时我们就结婚！"我回应道："你真这么想？"主要是因为我不得不说点儿什么。然后她急促地高声说，我肯定会被无罪释放，到时我们又能一起去游泳了。但她旁边的女人也在大声喊，抱怨她把一篮子食物落在了书记员办公室。她把里面的所有东西列出了一个清单，说她等会儿要逐一核查，因为里面的东西都很贵。旁边的囚犯和他的母亲仍在注视着彼此。底下阿拉伯人的低语声还在继续。外面的光线透过窗户显得更加刺眼。

我感到有些不适，想要离开。这里的噪声让我头疼。但另一方面，我又想尽可能地和玛丽待久一点儿。不知道过去了多长时间，玛丽始终面带着微笑，向我讲述她现在的工作。周围的低语声、叫喊声和谈话声绵绵不绝。我身旁的矮个儿小伙子和对面的老太太无言对望着，他们这儿成了全场唯一一个清静的角落。过了一会儿，那些阿拉伯人陆陆续续地被带走了。第一个人被带出去时，谈话声戛然而止。那位瘦弱的老妇人朝铁栏杆走近了几步，恰在此时，狱警向她儿子示意马上离开。他说："再见，妈妈。"那老太太把手穿过铁栏，悲伤地向她儿子挥了挥手道别。

她前脚刚走，后面就来了一个手里拿着帽子的男人，正好接替了她的位置。另一名囚犯也被带了进来，随即这两人开始激动地谈天说地。但他们把声音压得很低，因为房间又霎时安静了下来。坐在我右边的男人被带走了，他的妻子扯着嗓子喊道：

“照顾好自己，凡事小心。”她似乎没有意识到，现在房间里很安静，她其实不需要喊得这么费劲。随后，轮到我了。玛丽给了我一个飞吻。在走之前，我回头望了她一眼。她还在原地，脸紧贴着栏杆，依旧绷着一个痛苦的微笑。

不久之后，她给我写了封信。正是从那时起，那段我再也不愿谈及的回忆，正式开始了。不过，我其实不该抱怨，因为比起其他人，我的情况不算太糟。入狱初期，最让我痛苦的莫过于我仍保持着自由人的思维习惯。比如，我无比渴望能够站在沙滩上，向大海漫步。每当想到浪花溅起的声音，还有海水漫过身体的触感，这种虚幻的自由快感，反而让监狱的铜墙铁壁压得我愈发喘不过气来。不过，这种感觉仅仅持续了几个月。

后来，我在思想上也彻彻底底变成了一个囚犯。我每天的盼头就是在院子里散散步，或是律师来探望我。至于其他时间，我也渐渐习惯了。我经常想，如果我被迫住在一棵枯死的空心树干里，除了仰望头顶的蓝天以外什么也做不了，迟早有一天，我也会习惯那样的生活。我会期待看见飞过的鸟儿，或是飘动的云朵，就像我总期待看到律师系着奇奇怪怪的领带一样。在过去，我也曾期待每个周六，能够把玛丽紧紧搂在怀里。不过，仔细想想，我又不是真的住在枯树里，比我下场更惨的大有人在。妈妈生前总是说，无论什么事，我们最终都会习惯的。

大多数时候，我几乎不去思考任何事情。最初的几个月确实很难熬，但正因如此，我不得不想点儿办法来消磨时间。例如，我渴望有一个女人，这种欲望折磨着我。我还年轻，自然会有这些想法。我没有特别想到玛丽，但我想了很多关于女人的事情，所有我认识的女人，所有我和她们亲热的画面。我甚至能在牢房里感觉到她们活生生地存在着，她们的面孔唤起了我的欲望。从某种程度上说，这种感觉让我不安，但从另一个角度来说，这也不失为消磨时间的好办法。来送饭的小伙子身边有个狱警陪同，我设法赢得了那狱警的好感。他是第一个和我讨论女人的人。他告诉我，这是每个囚犯最先抱怨的事情。我表示有同感，被这样对待属实不公平。他说："但这正是要把犯人关进监狱的意义所在。"我问："什么意思？""这就是自由的意义。他们在剥夺你的自由。"我从没想到过这一点。不过，我赞同他的说法："确实，不然还能是惩罚什么呢？""没错，至少你明白是怎么回事。其他人都不懂。但他们最终都会找到办法来缓解这种痛苦。"狱警说完就离开了。

另外，抽烟也是个问题。刚入狱时，他们没收了我的皮带、鞋带、领带，还有口袋里的所有物品，包括烟。一进牢房我就想要回这些东西，却被告知不允许。最初的几天非常难熬，抽烟的禁令对我打击最大。我甚至开始咬从床板上撬下来的木块，整天犯恶心。我无法理解为什么不让我抽烟，这又不会对其他人造成伤害。后来我才明白，这也是惩罚的一部分。不过，此时我已经习惯了不再吸烟，所以这对我来说也算不上惩罚了。

除去这些小问题，日子也不算太难过。还是那句话，关键只在于如何打发时间。自从我学会了回忆过去，这才彻底摆脱了无聊感。有时，我会想起自己的卧室，然后设想从卧室的某一端出发，绕着房间走一圈，同时在脑海中逐一列出经过的所有物品。刚开始时，这费不了多长时间。但每次重新开始，整个过程所需要的时间就会增加，因为我会试着想起每件不同的家具、家具上的每一个物品、每个物品的每一个细节，它们的颜色和质地，以及任何痕迹、裂缝或缺口。在这时，我会尽可能地集中注意力，以确保罗列得足够完整。几个星期后，我将这项技能掌握得炉火纯青，仅仅是列出卧室里的所有物品，就能消磨掉好几个小时。我越是努力思考，能记起的细节就越多，以前我从没留意过这些，或是早就遗忘了。我意识到，哪怕在外面只活了一天，也可以在监狱里轻松地度过一百年，因为有足够的回忆来打发时间。从某种意义上说，这也是一种优势。

接下来是睡眠的问题。一开始，我夜里睡不好，白天也完全没办法入睡。渐渐地，我的夜间睡眠开始好转，大白天也能睡着了。最后的几个月里，我每天会睡十六到十八个小时。这样，我就可以用剩下的六个小时来吃饭、解决基本需求、回忆往事，还有想那个来自捷克斯洛伐克[①]的男人的事。

在我的床垫和木床板之间，我发现了一片已经发黄了的旧报纸碎片，它几乎完全粘在了床垫上。文章的开头部分已经缺失，但可以看出事件发生在

---

① 捷克斯洛伐克：中欧历史上的一个国家，存在于1918—1992年。自1993年1月1日起，捷克和斯洛伐克分别成为独立主权国家。

捷克斯洛伐克。

在捷克斯洛伐克，有个男人离开了村子出去闯荡。二十五年后，他发了财，带着妻儿回到村庄。他的母亲和妹妹在他出生的小镇上经营了一家旅馆。为了给她们一个惊喜，他把妻儿安顿在另一家旅馆，自己去了母亲那里。他进门时，母亲没有认出他来。他突发奇想，决定在母亲的旅馆租一个房间，还故意在她们面前露财。结果夜里，他的母亲和妹妹为了抢夺他的财富，用锤子把他打死，然后把他的尸体扔进了河里。第二天早晨，毫不知情的妻子来到旅馆，透露了这个男人的真实身份。真相大白后，母亲上吊自杀，妹妹则跳井自尽。我已经把这个故事读了上千遍了。这个故事既荒谬，又在情理之中。无论如何，我觉得这个男人是咎由自取，他不该搞这个恶作剧。

我每日都重复着睡觉、回忆往事、读故事的日常，看着天黑了又亮，时间就这样流逝了。我曾在某处读到过，在监狱里的人最终会失去时间的概念。但这对我而言毫无意义。我无法理解，为何日子既如此漫长，有时又显得十分短暂。我每日度秒如年，冗长的时间最终彼此交叠，混成一片。于是最后，我已分不清哪天是星期几，只有“昨天”和“明天”这两个词对我来说还有意义。

直到某天，狱警告诉我，我已经在监狱里待了五个月了。对此，我相信他说得没错，自己却感受不到。于我而言，我只是在监狱里反反复复过着同样的一天，每天做着同样的事情。那天，狱警离开后，我透过金属盘子瞧见自己的倒影。我试图对着餐盘扯出一个微笑，然而，倒影里的我看起来仍是不苟言笑的样子。我把餐盘举在面前，对着脸摆来摆去。我明明在笑，脸上却永远挂着那副苦大仇深的表情。临近傍晚，我不愿谈及的、那不可名状的时刻正在逼近。整座监狱被夜的寂静笼罩着。我走到小窗前，借落日的余晖再次审视自己的倒影。我的表情总是那么严肃，不过这有什么奇怪的呢？毕竟此刻我确实很严肃。与此同时，这几个月以来，我第一次清晰地听见了自己的声音。我恍然发现，在这段漫长的日子里，正是这道声音一直回荡在我耳边，原来我一直在自言自语。我想起了那个护士在妈妈的葬礼上说过的话。真的，根本无处可逃，没人能想象出监狱的夜晚究竟是怎样的。

三

老实说，我感觉上一个夏天刚过，第二个夏天马上又到了。天气乍热之后，我隐约感觉到有什么新事件在等着我。我的案子将在刑事法院的最后一个庭审期审理，预计六月底结束。开庭时，外面烈日当空。律师向我保证，审判全程不会超过三天。他补充道："再说了，法官肯定会赶着结案，因为你的案子不是这次庭审中最重要的。在你之后，还有一起弑父案要审。"

早上七点半，有人来提我，警车把我载到了法院。两名警察把我领进了一个小房间，房里弥漫着一股霉味。我们坐在门边等待，门的另一边传来点名声和椅子拖动的声音。这些噪声让我联想到某些地方的庆典活动，音乐会结束后要把桌椅搬开，腾地方给大家跳舞。警察让我等候传唤。其中一名警察递给我一支烟，我拒绝了。过了一会儿，他问我会不会“紧张”，我说不会，反而觉得有点儿好奇，毕竟我从没看过庭审。另一个警察接过话茬儿说：“也是，不过到最后你会很累。”

过了一会儿，房间里铃声响起。警察解开了我的手铐，打开门，把我带到了被告席。屋里挤满了人。阳光透过百叶窗的缝隙照了进来，室内闷热得令人窒息。尽管如此，仍然没人开窗。我入了座，警察一左一右站在我身边。这时我才注意到面前的整整一排面孔，他们都注视着我。他们应该就是陪审团。在我看来，这里的每张脸都长得一模一样。我只有一种感觉，好像我正站在电车的一排座位前，车厢里长得一模一样的乘客们上下打量刚上车的人，想从他身上找出一些可鄙之处。我很清楚这是个愚蠢的想法，因为此刻，这些人不是在找我的可鄙之处，他们只是在观察我像不像个罪犯。不过这两者之间也无甚区别。无论如何，当时我的确是这么想的。

我有些困惑，这么多人挤在这个狭小的房间里，我环顾四周，却看不清任何一张脸。起初，我甚至没意识到，这些人都是为了看我而来的，毕竟平时根本没人在意我。我费了一番功夫才明白，眼前的一阵骚动竟然是因为我。我对警察说："怎么这么多人！"他告诉我，这是因为报纸登了我的案子。随后他指了指陪审团席下，一张桌子旁坐着的一群记者。他说："他们就在那儿。"我问："谁？"他答道："那些记者。"他认识其中一个人，那个人认出了他，朝我们走了过来。那人中年模样，瞧着面善，朝我们做了个鬼脸。他热情地握了握警察的手。我发现周围的人三五成群，聊得热火朝天，好像在一个俱乐部里，大家都很兴奋能够见到同一个社交圈子的人。我也说不清，为什么会有一种奇怪的感觉——仿佛我在这里是个多余的人，像个不速之客。然而，那个记者笑着对我说了几句话，祝我一切顺利。我道了谢，他又说：“我们在报纸上登了一篇关于你这个案子的报道。夏天没什么新闻可写，只有你的案子和那宗弑父案有点儿意思。”随后他指了指一个身材矮小的男人，他就站在之前记者所在的那群人中。那人戴着一副大黑框眼镜，活像一只胖胖的黄鼠狼。记者告诉我，那人是巴黎一家报纸的特派记者：“不过，他不是为你的案子来的。他要报道弑父案，刚好可以顺便让他把你的案子也写上。”我正想再谢他一次，又突然觉得这样有点儿滑稽。他友好地挥了挥手，然后就离开了。我们又等了几分钟。

我的律师披着法袍，身边簇拥着几个同事。他走到记者们那边，和他们握手寒暄了几句。大家笑容满面，从容不迫。直到法庭的铃声响起，所有人这才各就各位。律师走到我面前，握了握我的手，嘱咐我在回答问题时尽量简洁一些，不要画蛇添足，剩下的事情交给他处理就好。

我听见左边传来拖动椅子的声音。只见一个高高瘦瘦的男人，穿着一身红色长袍，戴着夹鼻眼镜。他坐了下来，小心翼翼地将长袍折在身下。这就是检察官。书记员宣布开庭。就在这时，两台大风扇开始嗡嗡作响。三位法官走进了法庭，两个穿黑袍，一个穿红袍，手里拿着文件，迅速在高台落了座。穿红袍的法官坐在中间，帽子放在桌上，用手帕擦了擦他光秃的小脑袋，然后宣布开庭。

记者们手上拿着笔，每个人脸上都带着同样的漠然和嘲讽。只有一个记者例外，他比其他人年轻很多，身穿灰色呢绒西装，系了一条蓝色领带。他把笔放在面前的桌子上，专注地盯着我看。他那略微不对称的脸上，只见一双明亮的眼睛正仔细地打量着我，我却捉摸不透他此刻的想法。我有一种奇怪的感觉，仿佛我正在被自己注视着。也许正因为如此，再加上对司法程序极不熟悉，我稀里糊涂地混过了紧接着发生的事情——陪审员的挑选，主审法官对律师、检察官和陪审团的提问（此时所有陪审员同时看向法官），对指控的快速宣读（其中提到了一些我认得的人和地点），以及对我律师的一些追加提问。

接着，主审法官宣布传唤证人。书记员念出的几个名字，引起了我的注意。我看到被念到名字的证人，从那团模糊的人堆里一个接一个地站起来，从侧门走了出去。证人包括养老院院长和管理员、托马斯·佩雷兹、雷蒙、马松、萨拉马诺，还有玛丽，她紧张地朝我挥了挥手。我有些诧异，之前竟然没有在人群里认出他们。最后一个证人塞莱斯特，被念到名字时也站了起来。坐在他旁边的，是之前在餐馆里见过的那个矮个子女士。她穿了一件外套，行为举止还是那样干脆利落，她神情坚定，正目不转睛地盯着我看。我还没来得及多想，主审法官就发话了。他宣布，审讯即将开始，法庭纪律就不必赘述了。他承诺，自己的职责是公正主持，客观考量。陪审团的判决将基于正义精神作出，若存在任何妨碍司法公正的行为，他将立马采取行动。

室内越来越闷热，我看到旁听席的看客们在用报纸扇风，纸张扇动的沙沙声不绝于耳。主审法官对书记员做了个手势，书记员随即拿来三把草扇，法官们接过后立马开始扇风。

审讯开始，主审法官沉着冷静。在我看来，他的问话甚至带着一丝亲切感。他再次向我确认身份，我不胜其烦，但心里也明白这程序合情合理——毕竟，如果在错认了犯人的情况下作出判决，那可是非同小可的事故。接着，主审法官一五一十地陈述我的所作所为，每讲完三句，就看向我问道："是否属实？"每次我都按照律师的指示回答道："是的，法官阁下。"审讯持续了很长时间，因为主审法官把来龙去脉事无巨细地讲了一遍，不放过任何细枝末节。他讲话的过程中，记者们都在埋头做笔记。我能感觉到，那个年轻记者和那个机器人般的女人始终在盯着我。陪审团的成员们，或者说那些“电车上的乘客”，都看着主审法官。他咳嗽了一下，翻了翻手里的文件，边扇风边转向我。

随后他告知我，他将要问一些看似与案件无关的问题，但这些问题很有可能对断案至关重要。我马上意识到他又要提起妈妈了，这让我非常反感。他问我，为什么要把妈妈送到养老院？我回答说，我收入微薄。没法照顾好她，也没有钱请人来照顾她。他接着问我，把妈妈送进养老院是否对我的生活产生了影响。我回答说，无论是我还是妈妈，我们对彼此或是其他人都不抱有任何期待，而且我们都已经习惯了各自的新生活。听了这话，主审法官决定不再纠结这个问题，并询问检察官是否还有问题需要问我。

检察官半转过身，没有看我。他向主审法官请示，想知道我是否独自回到那处小泉，蓄意杀害那个阿拉伯人。我说："不是。"他接着问："既然如此，被告人为什么要携带武器回到这个特定的地点呢？"我说这纯属偶然。随后，检察官以一种颇为不悦的语气说道："目前就这些问题。"之后，一切都在混乱中进行，至少对我来说是这样。在与几个人商议片刻后，主审法官宣布休庭，下午将重新开庭，传唤证人听取证词。

我还没来得及搞清楚状况，就已经被警车押回了监狱，吃了午饭。没过多久，我刚反应过来自己已经疲惫不堪，他们又来把我提走。仿佛一切又回到了原点，我又一次站在法庭上，面对着之前一样的面孔，只是这一次天更热了。神奇的是，陪审团的成员、检察官、我的律师还有记者们手里都拿着草扇。那个年轻的记者和矮个子女士也在，但他们没有扇风，只是默默地看着我，什么也没说。

我擦了擦脸上的汗，直到听见养老院院长被

点名带到证人席时，我才真正意识到自己身处何地、正在经历什么。主审法官问院长，妈妈是否曾对我把她送到养老院的行为表示过不满。他回答说是的，老人们或多或少会有些怨言，但这更像是一种惯性，再正常不过了。主审法官接着问，她是否曾明确地责怪我把她送到养老院，院长又答："是的。"但这次他没有再解释什么。随后，法官又问了另一个问题，院长回答时，提到我在葬礼当天表现得很冷静，他觉得有些不可思议。法官追问道，所谓的"冷静"具体是指什么。院长低头盯着自己的鞋子，解释道，我不愿开棺见妈妈最后一面，甚至没有流过一滴眼泪，而且葬礼一结束我就离开了，没有在墓前驻足。此外，还有一件事让他倍感意外。殡仪馆的一个员工告诉他，我连自己母亲的年龄都不清楚。现场顿时鸦雀无声，主审法官再次要求院长确认，工作人员口中描述的那个人确实是我。显然，院长没有理解这个问题的用意，法官解释说："这是法律程序的要求。"随后，主审法官问检察官是否有问题要问证人，检察官则对着我大喊："不必了，这些问题已经足够了！"他神情激动，仿佛胜利在望。在那一刻，我居然久违地产生了一种要落泪的冲动。真是荒唐，原来在座的人都对我厌恶至极。

确认了陪审团和我的律师都没有问题后，主审法官开始听取管理员的证词。和其他证人一样，管理员也进行了同样的程序。他进门时瞥了我一眼，随即匆匆移开了视线。他如实回答了所有问题，说我不愿开棺看妈妈，还抽了支烟，打了个盹儿，喝了杯咖啡。此时，我感觉整个法庭正被某种愤慨的情绪笼罩着，我从未像现在一样，清楚地意识到自己是个罪人。他们要求管理员重复一遍他所说的——抽烟和喝咖啡的事情。检察官看向我，目光中带着轻蔑。接着，我的律师问管理员是否也和我一起抽了烟。检察官立刻怒气冲冲地站起来，反对这个问题："在这个案子里，谁才是罪犯？他们是在用这种手段来污蔑国家的证人，企图淡化他们的证词！无论如何，这些证词依旧是重要的证据！"主审法官示意管理员回答这个问题。老人有些尴尬地答道："我知道这么做不太合适，但我不敢拒绝这位先生递给我的烟。"最后，他们问我还有没有要补充的信息。我回答说："没有。证人所言属实，的确是我把烟递给他的。"管理员看了我一眼，目光中带着惊讶和感激。他犹豫了一下，然后补充道，是他主动提出给我倒一杯咖啡的。我的律师得意扬扬地放大声音，说陪审团定会仔细考量这番话。检察官也跟着喊道："是的，各位陪审员当然会记住这一点。他们也会得出结论，陌生人可以主动递上咖啡，但一个孝子在面对他母亲的遗体时，他理应拒绝这杯咖啡。"随后，管理员回到了旁听席上。

接下来轮到托马斯·佩雷兹，他年纪大了，只能由书记员搀扶着走上证人席。佩雷兹说，他跟妈妈十分熟络，但只见过我一面，就在葬礼那天。法官问他那天我都做了些什么，他回答：“那天我很伤心，没留意其他的事情。我太痛苦了，根本没有精力关心其他人怎么样。对我来说，这无异于失去了至亲之人。我后来还晕过去了，所以真的没有注意到这位先生。”检察官问他，有没有至少看到我落泪，佩雷兹说没有。检察官于是说：“各位陪审员请注意这一点。”我的律师生气了，他用一种相当夸张的语气问佩雷兹，是否明确看到了我没哭。佩雷兹说：“那倒没有。”观众们笑了起来。接着，我的律师卷起一只袖子，强调说：“这场审讯就是这副样子。真真假假，无从分辨。”检察官拿铅笔敲打着档案封面，面无表情。

休庭时间有五分钟，我的律师告诉我，一切进展顺利。接下来，轮到塞莱斯特做证。他作为辩方证人出庭，也就是为我辩护。塞莱斯特摆弄着他那顶巴拿马帽，眼睛时不时瞟向我。他穿了一套新的西装，以前周日我们一起去赛马场时他穿的也是这身。不过今天，他似乎没来得及把可拆卸的领子戴上，只有一个纽扣扣住了他的衬衫领口。法官问他，我是不是他的顾客之一，他回答道："是的，但他也是我的朋友。"接着又问，他对我是什么看法，他答道："他是个大男人。"法官追问，这话是什么意思。他回答说，大家都清楚这句话的意思。之后，法官又问，我平时是不是总沉默寡言。塞莱斯特说，我从不说多余的话。检察官问他，我平时去他店里吃饭，是否会按时付钱。塞莱斯特笑了笑说："那是我们的私事。"然后便问到他对这个案子的看法。他握紧了证人席讲台的两端，显然已经准备好了慷慨陈词。他说："依我之见，这就是起不幸的事故。大家对整件事都心知肚明。这祸事真叫人防不胜防。嗐，这不就是起不幸的事故而已。"他正要继续说下去，但主审法官已经对他道了谢，示意这些证词已经足够了。塞莱斯特垂头丧气，请求再补充几句话，法官让他尽量言简意赅。他又重复了一遍，说这只是一起不幸的事故。法官附和道："是的，我们明白。但我们在这里正是为了审判这种不幸的事故。谢谢。"塞莱斯特转过身看向我，像是在说他已经尽了最大的努力，但实在想不到还能说些什么来帮我了。他的眼眶似乎含着泪水，嘴唇也止不住地发颤，似乎在无声地问我，他还能做什么。我什么也没说，什么也没做，但这是我人生中第一次想要拥抱一个男人。法官再次命令他退席，塞莱斯特只好走回旁听席处坐下。

在接下来的庭审中，他身体微微前倾，双肘撑在膝盖上，手里拿着巴拿马帽，认真听着接下来的每一句话。

轮到玛丽做证了。她戴了顶帽子，依旧美丽动人，不过我更喜欢她披散长发的模样。从我的位置望去，可以看见她那小巧匀称的胸部轮廓，以及我无比熟悉的、她那丰满的下唇。她看起来很紧张。首先，法官问她认识我多久了。她回答说，我们曾经在同一个办公室里工作，因此结识。随后，法官追问我们之间的关系，玛丽说她是我的女朋友。法官又问了一个问题，玛丽回答时，承认了我们确实有结婚的打算。检察官翻了翻手里的文件，突然提问，我们是什么时候开始交往的，玛丽如实作答。检察官漫不经心地指出，如果他没记错的话，那时我母亲刚去世没多久。接着，他语带讽刺地说："我不想在这种暧昧的细节上过多纠缠，也明白这可能会让您很为难，但……"他的语气突然变得严肃，"这是我的职责所在，暂且顾不上礼节了，请您理解。"他要求玛丽讲述我们第一次睡在一起的那天发生了什么。玛丽起初不愿回答，但在检察官的坚持下，玛丽只好说了实话，我们那天去游了泳，看了电影，最后一起回到我家。检察官接着说，他之前看过玛丽接受调查期间的证词，查阅过当天的电影排期。他进一步问玛丽，那天具体观看了哪部电影。玛丽冷冷答道，那天看的是费尔南德尔主演的电影。话音刚落，法庭陷入了短暂的沉默。检察官神情严肃地站了起来，用手指着我，近乎痛心疾首地说道："各位陪审员……就在他母亲去世后没几天，这个人跑去游泳，开展了一段露水情缘，甚至去看了喜剧电影。我实在是无话可说了。"说完，他重新坐下，全场依旧鸦雀无声。玛丽随即哭了起来，她解释说："事情不是这样的，我说的这些话都是被逼的，根本不是我的本意。我很了解他，他没有做错任何事。"然而，主审法官示意书记员把她带了出去，继续传唤其他证人。

在这之后，他们基本上没怎么注意听马松的证词。他只说我是个老实人，"甚至可以说，是一个好人"。轮到萨拉马诺时，情况也大差不差，他称赞我对他的狗很好。在提到我和妈妈的问题时，他替我解释说，只是因为我和妈妈之间没什么好说的，所以我才把她送去养老院，“您要理解，一定要理解”。但似乎没人理解他，他就被带了出去。

接下来，轮到雷蒙作证，他是本案的最后一个证人。雷蒙对我轻轻挥了挥手，随即向法官声明我是清白的。但主审法官指出，他们并不需要他的个人意见，事实胜于雄辩，并请他在回答之前先听清楚问题。随后，法官要求雷蒙说明他与死者的关系。雷蒙借此机会解释说，死者恨的人其实是他，因为他曾动手扇了死者妹妹一巴掌。主审法官又问，死者是否有可能也对我怀恨在心。雷蒙回答说，我出现在海滩上纯属偶然。接着，检察官问他，此案的导火索，也就是写给他情妇的那封信，为什么是由我写的。雷蒙答道，这只是个巧合。检察官反驳说，这个案子有太多疑点，把它们都简单地概括为“巧合”恐怕不妥。他质问雷蒙：

为什么我在目睹他殴打情妇时没有阻止；为什么我要去警察局为他作证；为什么在这件事上，我是完全支持雷蒙的？难道这些都是纯属巧合吗？最后，检察官询问雷蒙的职业，他回答说："我是仓库管理员。"检察官随即告诉陪审团，众所周知，这位证人是个皮条客，而我则是他的同伙兼密友，这起案件无疑是一桩卑劣的犯罪行为，而更可耻的是，证人竟然也牵扯其中，这个道德败坏的魔鬼。雷蒙想为自己争辩几句，我的律师也提出了抗议，但法官坚持让检察官把话说完。检察官说："我没有什么要补充的了。"随即转向雷蒙问道："他是您的朋友吗？"雷蒙回答道："是的。"检察官又将同样的问题抛给了我。我看向雷蒙，他也正看着我。"是的。"我回答。然后，检察官转向陪审团，慷慨陈词："他的母亲尸骨未寒，他就做出此等无耻、荒唐的事。他犯下滔天大罪，居然只是为了赢得这样一场不可告人的、不道德的争斗。"

检察官说完便坐下了。此时，我的律师已经忍无可忍，他高举双臂，法袍的袖子随着他的动作滑落，露出了里面的衬衫。他大声质问："现在我想请问，在座各位，这位先生究竟是因为安葬了他母亲而被指控，还是因为杀了人？"旁听席上的人们都笑了起来。然而，检察官再次站起身来，裹紧了长袍，并讽刺辩方律师太过天真，以至于无法理解这两件事在本质上和情感上有多么深刻的联系。"没错，"他喊道，"我指控这位先生，他带着罪犯那颗冰冷无情的心埋葬了他的母亲。"这番话似乎深深地触动了旁听席上的每一个人。我的律师耸了耸肩，擦拭着额头上的汗水，似乎也被这句话触动了。此时的形势对我来说十分不利。

法官宣布休庭，我被押解至警车前。那一刻，我短暂地嗅到了夏日傍晚的气息，看到了那些熟悉的色彩。在这座移动的黑暗囚笼中，在这座我爱的城市里，我仿佛从疲惫的深渊中，一点点找回了所有熟悉的声音，那些在某些时刻曾让我与幸福偶遇的时光。静夜中报童的吆喝声，广场上几只伶仃的鸟，三明治小贩们的叫卖声，电车在城市转角发出的嘎吱声，以及夜晚港口悄然而至的微风……我如盲人一般穿梭在这段充满幸福的旅程里，那是我在入狱之前无比熟悉的生活。是的，在很久以前的这个时候，我曾感到幸福，那时我还可以期待一夜无梦的好眠。但如今，一切都已改变；我无比渴望新的一天到来，回头却发现自己仍身处牢房中。仿佛周而复始的夏日天空，既可赐人酣睡，也同样可以把人引向监狱。

四

尽管身处被告席，但听着大家议论自己，还是挺有意思的。检察官和我的辩护律师做了总结陈词，说实在的，与其说是在谈论这桩案子，他们大部分的时间都是在对我的人格评头论足。归根结底，这两人最终的陈词又有什么区别呢？我的律师替我举手认罪，但认为应该为我减轻刑罚。检察官则伸出双臂谴责我的罪行，认为不该为我减刑。然而，有件事让我有些不安。我有时焦虑地想要加入他们的谈话，但律师不停告诫我："你保持沉默就是在帮大忙了。"整场审讯仿佛是在没有我的情况下进行的，我没有参与其中的任何一个环节。没有人问过我的意见，就裁定了我的命运。有时候，我会有想要打断他们的冲动，问上一句："等等，到底谁才是被审的那个人？被告人也很重要。而且我有话要说！"但仔细想想，其实我也没什么好说的。此外，我不得不承认，我想要与人交流的欲望从来都是三分钟热度。我已经听腻了检察官的总结陈词。他的发言里某些只言片语、肢体动作以及长篇大论颇为出彩，但能让我记住的也就只有这些了。

如果我没有理解错的话，他所有的论证，都基于"我的犯罪早有预谋"这一事实，至少他力图证实这一点。正如他自己所说："各位陪审员，我有两种方式可以证明这一点。首先，这就是摆在我们眼前的事实。其次，这个罪犯的心路历程也给了我们足够多的启示。"以妈妈的去世为起点，他把整件事的来龙去脉梳理了一通。他向大家讲述我是个多么冷漠无情的人——我不知道妈妈的年龄，在葬礼后和一个年轻女子去游泳，看喜剧电影，最后玛丽还到了我家。我花了好一会儿才听明白，原来他一直在说的“情妇”是指玛丽。而对我来说，她只是玛丽。接着，他又讲到雷蒙那档子事。我发现他在分析问题时展现出极强的逻辑性，言辞间毫无破绽，顺理成章。我帮雷蒙写了封信，把他的情妇引回来，把她交到一个道德败坏、对她百般虐待的人手上。在海滩上，我又激怒雷蒙的敌人，导致雷蒙受伤。随后，我接过他手里的枪，独自回去开枪杀死那个阿拉伯人，一切都是计划好了的。我等了一会儿，为了确保那人死透了，又特意走近对他开了四枪，这似乎更能说明一切都是在计划之内的。

检察官说道：“各位陪审员，我已经向你们解释了这个人的犯罪逻辑，并对他的行为动机了如指掌。”他进一步强调：“我必须着重指出这一点，因为这并非一起普通的杀人案，也不是一时冲动所导致的事故，因此不能如辩方律师所说，减轻对被告的处罚。各位陪审员，这个男人非常精明。你们都听过他的证词，对吧？他清楚自己该说什么，也能准确地理解别人的话语。如果他辩称在作案时自己对此一无所知，那显然是站不住脚的。”

我听了这话才明白，他在试图以我是个智力正常的人为论据来说服大家。我不禁疑惑，我是个普通人这一事实，为什么却成了指控我的强有力证据？这让我难以置信。从那时起，我便不再注意听检察官的话，直到他突然反问：“他表现出任何悔意了吗？各位陪审员，一次也没有。整个调查过程中，此人从未对他的恶劣行径流露出一丝悔意。”他转过身，用手指着我。我真的不明白事情为什么会变成现在这样。诚然，我不得不承认他说的确实是事实，我的确从未后悔过。但我无法理解，他的言辞竟如此尖酸刻薄。我本想礼貌且真诚地向他解释，我总是忙着应对当下和未来的事宜，从未真正有过悔恨的情绪。然而，在这样的处境下，我没有办法和他们说这样的话。我没有权利表现出我富有情感、充满善意的一面。于是，我重新集中注意力来听检察官讲话，因为他开始谈论我的灵魂了。

他对陪审团说，他曾试图窥探我的灵魂，但最终失败了，因为我根本没有灵魂。他在我身上嗅不到一丁点儿人情味，认为我甚至连道德底线都没有。“当然，”他补充道，“我们不能怪他，毕竟靠他自己的力量本身就无法弥补这一缺陷。但在这法庭上，宽容之德显然并不适用，它必须让位于更高层次、更严苛的正义之德。尤其是像他这样的人，普遍缺乏人性，这种缺陷会成为一个深渊，足以吞噬摧毁整个社会。”然后他开始谈论我对妈妈的态度。他重复了在庭审中说过的话，但与其说他是在讨论这宗案子本身，不如说他大部分时间都在对我本人评头论足。到最后，我唯一能感受到的就是那个炎热的早晨，直到检察官暂停了发言。沉默片刻后，他以一种低沉、肃穆的声音接着说：“各位陪审员，明天，这个法庭将审判最卑劣的罪行：

弑父罪。”在他看来，人们心底里一定对这种恶劣的罪行深恶痛绝，因此希望人类的正义能毫不犹豫地惩罚它。然而，他毫不掩饰地说，比起这桩案子本身，我的冷漠无情更让他恐惧。他认为，“精神弑母”的人，和一个真正杀害至亲之人的罪犯一样，他们都亲手斩断了自己跟人类社会的关联。前者为后者铺平了道路，甚至可以说，赋予了后者合法性。“各位陪审员，”他提高音量继续道，“相信大家有目共睹，现在坐在被告席上的这个人，和明天将被审判的弑父者同样有罪，这绝对不是夸大其词。因此，他必须受到惩罚。”检察官顿住，擦了擦脸上晶莹的汗珠。最后，他总结道，无论多痛苦，他都会坚守自己的职责。他宣称，我罔顾社会准则，以后都无法在社会上有立足之地，我连人心的本能都无法理解，没有资格请求别人的同情。他说：“我请求你们判处这个人死刑，我怀着清醒的良知提出这个请求。虽然在我漫长的职业生涯中，许多次我不得不请求判处死刑，但我从未像现在这样，清晰地感到这令人痛苦的职责是如此正义；从未像现在这样，强烈地感受到更高远、更神圣的力量在推动着我。我望向这个人时，有一种深深的恐惧感，他浑身上下都透露着怪异的气息。”

检察官又一次坐下，整个法庭沉默了很久。我被滚烫的热浪和极度的震惊弄得有些晕头转向。主审法官咳嗽了几声，低声问我还有什么要补充的。我站了起来，想要说些什么，便有些迷茫地说，我并非蓄意谋杀那个阿拉伯人。主审法官说，我老说这话，但直到现在，他仍然难以理解我为自己争辩的那套说辞。他说，在律师发言之前，他希望我能自己先详细地解释一下促使我犯下罪行的诱因。我说得很急促，甚至有些语无伦次：“是因为太阳。”说罢，就连我自己都察觉这话说得太过荒谬了。法庭里爆发出一阵笑声。我的律师耸了耸肩，紧接着轮到他发言了。但他表示时间很晚了，他需要几个小时来总结陈词，因此请求法院休庭至下午。主审法官批准了。

当天下午，那台巨大的电风扇继续搅和着沉闷的空气。陪审团整齐地挥动着他们的彩色小草扇。律师的总结陈词仿佛要说个没完没了。恍惚间，我听见他说：“确实是我杀了人。”之后，他每句话都用第一人称，每当他说“我”时，实际上指的是我本人。我吓了一跳，走到一名警察身旁问他，律师为什么要这么说话。警察只是让我保持安静。没过多久，他又说道：“所有律师都会这么做。”在我看来，这是为了把我与案件剥离开来，我本人反而变得可有可无，我这个被告人的身份也完全被律师取代了。但说实在的，我感觉自己早就离这个法庭很远了。此时，我的律师显得十分滑稽——他立马开始反驳检察官的攻击，然后也开始谈论我的灵魂，但他似乎远不如检察官那般巧舌如簧。他说：“我也窥探过这个人的灵魂，与检察官先生相反，我是真的发现了他的灵魂。坦白说，对我而言，他的灵魂就像一本摊开的书。”他认为我是一个老实人，是一个有责任心的员工，工作勤奋，对公司忠心耿耿，人缘也不错，而且面对他人遭遇的挫折富有同情心。在他看来，我还是个典型的孝子，一直尽心尽力地照顾母亲。其实，我只是希望养老院能够给年迈的母亲提供舒适的晚年生活，而这是我所力不能及的。他补充道：“各位陪审员，令我意外的是，这个养老院竟然成了攻击我的关键证据。毕竟，人人皆知养老院便利周全、德泽广被。如果非要赘述这些养老机构的存在价值，我只能说，它们是由国家资助建立的。”然而，他没有提及葬礼，让我不禁觉得他的辩词缺失了非常重要的一个环节。他们的长篇大论和对于我灵魂的探讨仿佛永远都说不完，我感觉一切都搅成了一团，形成一片无色的旋涡，围着我打转。

我的律师仍滔滔不绝地说着话，但到最后，我唯一清楚记得的，是街上卖冰淇淋的小贩按喇叭的声音，喇叭声在法院大厅久久回荡。过去生活中的点点滴滴压得我喘不过气来，它们已不再属于我，尽管它们曾经给我带来最微不足道却最长久的快乐：夏日的气息、我钟爱的街区、某片夜空、玛丽的笑声和她的裙子。在这里，我的存在毫无意义，这种感觉几乎让我窒息。我只希望一切能快点儿结束，好让我回到牢房去睡觉。甚至连律师最后的几声呐喊，我都没怎么听进去。他说，各位陪审员定不会愿意给这样一个老实的工作者判死刑，他只是一时糊涂而已。而且，他请求法庭考虑对我从轻发落，因为我身上已然背负着最痛苦的惩罚——永恒的悔恨。休庭后，我的律师疲惫地坐了下来。他的同事们走到他身边，纷纷与他握手。我听到他们说："先生，太精彩了。"其中一个甚至问我的意见："你不觉得吗？"我表示同意，但这赞美并不真诚，因为我实在太累了。

庭外，夕阳西下，白天的暑气也渐渐消退。街上偶尔传来的声音，带来了一丝夜晚的甜美。我们所有人都耐心地等着。而大家所等待的，实际上只与我一人有关。我再次环顾四周，一切都和第一天开庭时一模一样。我看到了那个穿灰色夹克的记者和那个像机器人般的矮女人，他们都在看着我。我突然想起，整个审判过程中，我都没有留意到玛丽。我并没有忘记她，只是眼下有太多事要应对。我瞧见她坐在塞莱斯特和雷蒙之间，朝我做了一个小手势，仿佛在说“结束了”。我看得出来她在微笑，尽管笑得有些勉强。但我的心早已变得冰冷，甚至无法回应她的微笑。

法官们回来了，他们迅速向陪审团宣读了一系列问题。我听到了“谋杀罪”“预谋”“减轻罪行情节”等词语。陪审团被带了出去，我则被带到了我之前待过的小房间里。我的律师进来看我，他变得非常健谈，比以往任何时候都更自信热情。他笃定一切都会顺利进行，我顶多被判几年监禁或苦役。我问他，如果结果对我不利，有没有办法推翻判决。他回答说不可能。他的策略是不对法庭提出任何异议，以免激怒陪审团。他向我解释说，判决不可能无缘无故地被推翻。我明白他的意思，不能推翻判决也是情有可原。客观来说，这很符合逻辑。否则，很多文书报告都会变成废纸。律师说："无论如何，我们随时可以上诉。但我相信，结果对我们来说一定是有利的。"

我们等了很久，将近三刻钟。然后，铃声响起。律师对我说："陪审团首席会宣读他们的决定。你只会被叫进去听判决。"接着他就离开了。门嘭的一声被关上了，人们在楼梯上跑来跑去，我分不清他们是在近处还是远处。接着，我听到法庭里有一个低沉的声音在念着些什么。铃声再次响起，拘留室的门被打开时，我被房间里的一片寂静吓了一跳，全场鸦雀无声。而且，我注意到那个年轻记者转过身去，这让我感觉有些奇怪。我没空注意玛丽，因为主审法官正以一种奇怪而正式的语气对我宣布：以法兰西人民的名义，我将在公众面前被斩首。那一刻，我想我读懂了那些人脸上的表情，我认为那是对我的尊重。警察们对我非常友好，我的律师把手放在我手腕上；我脑子里一片空白。主审法官问我是否还有什么话要说。我想了想，回答道：“没有。”然后我就被带走了。

五

第三次了，我拒绝见神父。我对他无话可说，也不想和他说话。反正我很快就会再见到他了。我现在关心的是如何摆脱断头台的结局，看看是否有可能逃脱这个不可避免的命运。我被关进了另一间牢房，在这里躺下时，我只能看到天空，别无他物。我整天都在观察天空变幻的颜色，从白天看到黑夜。我躺在床上，双手枕在头下，静静等待。我无数次想过，有没有被判死刑的人成功逃脱过无情的断头台呢？或是在行刑前直接人间蒸发，或是成功突破警方的封锁？我责怪自己没有更留心关于行刑处决的事情。这类故事，人们总是应该多加关注的，谁知道会发生什么呢？和其他人一样，我在报纸上看过关于处决的报道。肯定有些书籍是专门写这个话题的，只是我从来没有好奇地读过。我本可以找到一些成功逃脱的案例。我可能会接触到一例，至少一例。在那命运之轮停止转动的瞬间，运气和偶然因素以非凡之力介入，阻止了那股强大的力量。一次足矣！从某种意义上来说，那就足够了。我内心深处的力量会替我完成剩下的部分。报纸常常谈论对社会所欠下的债务，而这债务必须偿还。但这并不能真正激发我的想象力，重要的是逃脱的可能性，跨越无形仪式的飞跃，一次迈向每一种可能的希望。当然，你所能寄予希望的，或许只是在转角逃跑时，被一颗流弹击中。但总体来说，没有什么能给我这样的奢望，一切都在与我作对，断头台注定会夺走我的生命。

我很想接受这个板上钉钉的结局，但实际上我做不到。因为从宣判的那一刻起，把我变成罪犯的“证据”，荒谬得与这个结果极不相称。判决是在晚上八点而不是下午五点宣读的，这个时间点的不同可能导致完全不同的结果。判决是由普通人决定的，它以像“法兰西人民”（或德国人民，或中国人民）这样模糊的概念的名义宣告。这一切似乎都在证明，这样的判决并非出自良心。即便如此，我不得不承认，自判决下达的那一刻起，它就变得如我贴身紧靠的牢房那坚实的墙壁一样，实实在在，不可动摇。

在这种时刻，我想起了母亲曾讲过的关于我父亲的一个故事。我从未见过他，我对这个男人唯一确切的了解，是母亲对他的描述——他曾去看过一个杀人犯的行刑现场。一想到要去看，他就非常恶心。尽管如此，他还是去了。回到家后，他整个早上都在呕吐。那时，我父亲的故事让我有些反感。现在，我明白了，这再自然不过了。我以前怎么没发现，再也没有别的事，能比行刑更重要了。比起其他事，行刑是唯一真正值得个人关心的事！如果我能离开这座监狱，我一定会去观摩每一场公开处刑。我想，我错了，我对离开监狱这件事抱有了不该有的期望。我想象着自己在某天重获自由，清晨时站在警戒线后，作为一个旁观者来观看行刑现场，然后回家呕吐。每当我这么幻想时，总有一股苦涩的喜悦在我心中蔓延。然而，我不该妄想这种可能性。我错了，不该让自己被这样的想法牵着鼻子走。因为在一秒钟后，我会被可怕的寒冷侵蚀，只能蜷缩在毯子下。我的牙开始打战，而我无能为力。

当然，人不可能一直保持理性。例如，有时我会设想出新的法律条文，我会对刑法进行改革。我发现，给被告人一个生还的机会至关重要。哪怕是千分之一的机会，也足以将整件事纠上正轨。在我看来，应该发明某种化学物质，让死囚（我认为是死囚）在九次必输的死局里有一次生还的机会。死囚也应该被告知这一点，这是个前提。我有这样的设想，是因为经过了深入的思考，我发现了断头台的缺陷：不会有生还的机会，绝对没有。当一切尘埃落定，被告人的死亡便被一锤定音。这件事已成定局，是个既定的死局，没有转圜的余地。如果有任何意外发生，他们只需重砍一次。因此，从逻辑上讲，真令人恼火的是，被判决的人最好指望断头台正常运作，这就是我所说的断头台的缺陷。事实就是如此。然而，我不得不承认，这个过程对管理囚犯非常有帮助。毕竟，结局一旦被敲定，被判决的人只能配合，整个程序的顺利进行，对他自己反而是有利的。

我还不得不承认，直到现在，我仍然对断头台有一个奇怪的印象，这种印象其实是一种误解。很长一段时间里，我一直觉得——虽然我不知道为什么——要走上断头台，必须经过一级级的台阶。可能是因为1789年的革命让我产生了这种错觉，因为我在学校里所学的或看到的关于它的所有报道内容都是如此。但有天早晨，我突然想起自己曾在报纸上看到过一张照片，报道的是一次轰动一时的处决现场。实际上，断头台只是简单地放置在地上，且比我想象中要窄得多。之前我居然没有注意到这一点，真是奇怪了。我印象很深刻，因为照片里的断头台构造十分精美，制作精密，擦得锃亮。人们总是习惯对陌生事物夸大其词，与此相反，我觉得这一切再简单不过了，断头台和被判刑的人处在同一水平面上。这人走向断头台，就像要去赴某人的约。还有一点很烦人，登上台阶，给人一种马上要攀上天空的幻觉。然而，断头台的出现彻底抹杀了这种美好的幻想，被判刑的人会被一声不响地处决。在刀精准无误地落下时，人未免有些丢脸。

有两件事一直让我牵肠挂肚：黎明的到来和我的上诉。我尽力保持理智，试图不去想它们。我躺下来，仰望天空，强迫自己把天盯出点儿趣味来。天空泛着绿光，已经傍晚了，我又努力想点儿别的事情。我听着自己的心跳声，简直不敢相信，这个陪伴了我一辈子的声音终有一天会停下。我从来不是个富有想象力的人，但我确实曾经试着设想，有某一刻我再也听不到自己的心跳。这些努力都是徒劳，黎明和上诉依然萦绕在心头。最终，我告诉自己，放弃抵抗才是最明智的。

我知道，他们会在黎明时分押送我。其实，我每晚都在等待那个黎明的到来。我从来都不喜欢惊喜，情愿事先就了解清楚接下来要发生的事情。这就是为什么到最后，我只能在白天小睡一会儿，而整晚耐心地等待晨光从我的窗户缓缓溜进来。最难熬的就是这个时刻，因为我很清楚他们可能会在这时找上门。午夜过后，我等待着。我从未听到过那么多不同的声音，如此遥远的声响。老实说，在整个过程中我都很幸运，因为我从未听到过要把我带走的人的脚步声。妈妈常说，没有人是完全不幸的。在我的牢房里，天空变幻着各种颜色，崭新的日光缓缓流入我的牢房，此情此景，我很赞同妈妈的看法。我可能会听到脚步声，我的心脏可能会爆裂。哪怕是门外的轻微声响都会让我立刻跑过去。我恐惧地等待着，耳朵贴在木门上，能听到自己的呼吸声。我很害怕听到自己那嘶哑的呼吸声，就像一只垂死的狗。但最终，我的心没有爆裂。我又赢得了二十四小时。

我一整天都在想着上诉的事情，我觉得我已经将这个想法发散到了极致。我一直在计算自己获胜的机会，保持着这种思维方式以便让自己得到安宁。我总是预想最坏的情况：上诉如果被驳回，好吧，那我就要死了。当然，只是比其他人早些罢了。人人都知道，人生本身就不值得体验。我想得很清楚，最终无论我是三十岁还是七十岁去世，都没什么差别。因为就算我死了，其他人的生活还是会如常继续，人类社会可能还得延续数千年呢，再没有什么事比这更容易想通透了。不管是现在还是二十年后，我总归是要死的。然而，如果我还有二十年时间可以活，但在终点等着我的却只有死亡，这个念头让我心底升起一阵恶寒。如果要驱散这种恐惧，我只需想象二十年后，当我再次处于同样的境地时，会是怎样的心境。显然，如果我注定要死，怎么死以及什么时候死，其实并不重要。因此，我必须接受我的上诉会被驳回。最困难的，当数如何不忘记“因此”这一词背后所代表的推理逻辑。

只有接受了这个事实，我才有资格去考虑第二种可能性——我会被赦免。然而，烦人的是，一想到有被赦免的可能，我就得费劲控制住体内奔涌的热血。这种想法带来了一种难以言喻的喜悦，几乎要把我的眼睛灼伤。我必须集中注意力，保持理性的思考，压抑内心深处那尖锐的呼声。顺着这种可能性思考时，我必须冷静下来。只有这样，才能证明我实实在在地接受了第一种令人绝望的设想。我成功地做到了这一点，给自己赢得了片刻的平静。说实在的，能做到这种地步，已经相当不容易了。

就在这时，神父想见我，我再次拒绝了。我躺在床上，感受着夏日黄昏的逐渐逼近，天空已镀上了一层金色的光辉。我刚刚才打消了上诉成功的念头，全身的血液都在平缓地流动，我没必要在这时见神父。我久违地想起了玛丽，她已经很久没给我写信了。当晚，我仔细想了想这事。我猜她或许是不想再做死囚的情人，也有可能她病了，甚至可能已经去世了。当然不能排除这种可能性，毕竟生老病死是人之常情。不过我已无从得知，我们现在只是两具分隔两地的躯体，再也没有什么能将我们联系在一起，也没有什么能让我们继续参与对方的生活了。如果我的猜想是真的，我对玛丽的记忆也会随之逝去。她一旦去世，我对她就不再有任何兴趣了。我觉得这种想法很正常，就算人们在我死后彻底把我忘了，我也能理解。毕竟，我死后与他们再无任何关联，我甚至能非常坦然地接受这种想法。

这时，神父来了。我看到他时，有些瑟瑟发抖。他注意到了，便宽慰我不要害怕。我疑惑地说，他平时可不是在这个时候来的。他回答说，这次纯粹是他想来看看我，与我的上诉无关，他对这事一无所知。他在我的床上坐下，邀请我坐到他身边去，我拒绝了。不过，他模样倒是很和善。

他在那里坐了一会儿，前臂支在膝盖上，低头注视着自己的双手。他的手修长而有力，像两只柔软灵活的动物。他缓慢地揉搓着自己的双手，垂着头坐了很久，久到我一度产生了错觉，以为他早就不在这儿了。

但他突然抬起头，直视着我，问道："为什么？你为什么不肯见我？"我回答说，我不相信上帝。他问我，是否笃定上帝不存在。我回答说，我根本不需要思考这个问题，这对我来说并不重要。他随即背靠着墙，把双手放到大腿上，好像在自言自语似的喃喃道："有时候人们信以为真的事情，其实并不一定是真的。"我没吭声。他看着我，问道："你怎么看？"我回答说，"可能吧。"尽管我无法肯定自己到底对什么感兴趣，但我很确定，我对他说的这些话没有丝毫兴趣。

他移开了视线，仍然保持着原来的姿势，问我是不是因为太过绝望才说这种话。我解释道："我并不绝望，我只是害怕，这是种本能。"他说："上帝会帮你。我认识的每一个像你这样的人，最后都归诚于上帝。"我承认，那些人当然有权利选择相信上帝，这也说明他们还有机会活下去。但对我来说，我不需要任何人的帮助。更重要的是，我已经没有时间可以浪费在那些我不感兴趣的事情上了。

他无奈地甩了甩手，站起身来，整理了一下长袍的皱褶。接着，他开始和我推心置腹地交谈，称呼我为"朋友"。按照他的说法，他这样称呼我，并不是因为我被判了死刑。在他看来，我们最终都是要死的。我打断了他，这两回事根本不能混为一谈，这种说辞并不能安慰到我。他也同意："当然，但即使不是今天，人终有一死，迟早你都会面临死亡。到那时，你打算如何应对这个可怕的考验呢？"我回答说，我现在是怎么应对的，将来也会这么做。

听完我的话后，他站了起来，直勾勾地盯着我。我对这样的目光太熟悉了，以前我经常和埃玛纽埃尔或塞莱斯特玩这个互瞪游戏，通常都是他们先移开视线。显然，神父也很擅长这个游戏，我立刻意识到，我的话并没有动摇他的信念。他说话时，声音没有丝毫颤抖："你的心里一点儿希望都没有吗？你真的认为，人死后一切就都结束了吗？"我回答道："是的。"

他低着头又坐下了，对我说，他为我感到难过。他认为，人不可能抱着这样的想法生活。然而，我只觉得他有点儿烦人了。我转身走到窗户下方，靠墙站着。我没有留心听他说的话，只知道他又开始质问我了。他的声音听起来既焦虑，又坚定。我发现他情绪极其激动，连身体都颤抖了起来，于是我开始认真听他说话。

他说，他相信法庭会批准我的上诉，但我背负着如此沉重的罪孽，必须卸下这个重担。在他看来，人类的正义毫无意义，神的正义大于一切。我指出，正是人类的正义判了我的罪。他回答说，即便如此，这并不能洗清我身上的罪孽。我回答说，我不明白“罪孽”是什么意思，我只是被告知了我是个有罪之人。我犯了罪，并且正在为此付出代价，任何人都没有资格再向我索取更多。他站了起来。我心想，这牢房逼仄得很，他想要活动一下的话，除了起立和坐下之外，没有其他选择了。

我低头盯着地面。他向我迈了一步，然后停了下来，仿佛不敢再靠近。他透过窗户的铁栏望向天空，说道："你错了，孩子。你还可以做更多的事，或许以后你会被要求做这件事。""什么事？""看一看。""看什么？"

神父环顾四周，仿佛被抽空了所有的力气，疲惫地说道："痛苦和悲伤正源源不断地从这些石头的缝隙里渗出来。每次看到它们，我心里总是十分难受。但在我内心深处，我知道，即使是最绝望的人，也曾在黑暗中看到过一个神圣的面孔，而我想让你看的就是那张面孔。"

我有些恼怒地回答道："我已经盯着这些墙壁看了好几个月了，这世上恐怕没有人比我更熟悉它们了。或许很久以前，我曾试图在这些墙壁中看出一张面孔。但那张脸闪烁着太阳的色彩和欲望的火焰，那是玛丽的脸。我曾寻找过，然而一切都是徒劳。现在，一切都结束了。况且，在这些闪着光的墙壁上，我从没看到过有什么不一样的东西浮现出来。"

神父悲伤地望着我。我此时正靠墙站着，阳光洒在我的脸上。他喃喃说了几句话，但我没听清。接着，他急匆匆地问我，是否愿意接受他的拥抱。我答道："不。"他转过身，走到墙边，用手缓缓地抚摸着墙壁："那么，你真的如此热爱这个地方吗？"他低声问。我没有回答。

他背对着我站了很久。他在这儿让我觉得很压抑、烦躁。我正准备让他离开，叫他别再打扰我，他却忽然猛地转身，对着我歇斯底里地喊道："不，我不相信。你一定在某个时刻设想过另一种活法。"我答道，当然想过，但我也曾想过变得更富有、游泳更快，或者嘴形变好看一些，诸如此类无关紧要的想法。然而，他打断了我的话，不死心地问我设想中的另一种生活究竟是怎样的。于是我冲他喊道："就是能让我想起现在这种生活的生活。"我不停地对他说，我已经受够了。他还想继续和我谈论上帝，我只好走到他面前，试图让他明白，我时日无多了，不想在上帝身上浪费时间。他试图转移话题，问我为什么称他为“先生”而不是“父亲”。我烦躁地告诉他，别人或许愿意称他为父亲，但我不吃这一套。

“不，孩子。”他说着，将手搭在我的肩膀上，“我是来帮助你的。但你无法理解，因为你的心是盲目的。我会为你祈祷。”

然后，不知为何，我内心深处的某种东西突然爆发了。我开始声嘶力竭地喊叫，冲他破口大骂，叫他别为我祈祷。我揪住他的领口，把心底所有的情感一股脑儿地发泄出来，愤怒和喜悦交织成一团。他太自负了，对吧？但他笃信的那些东西，还不如女人的一根头发珍贵。他甚至根本不明白自己是活着的，因为他活得跟死了没什么两样。或许我看起来一无所有，但我对自己的存在有实实在在的把握，对一切都有把握，无论是生存，还是即将到来的死亡。是的，这是我唯一的信念。但至少我抓住了这个真理，而它也牢牢地抓住了我。我一直都是对的，从来都没有搞错。我曾以这样的方式活着，换个方式也无所谓。我当时做的到底是这件事，还是那件事，都没有关系。做哪种选择又有什么区别呢？我仿佛一直在等待这一刻，等着这黎明的前夕，来证明我所想的是正确的。无论什么，一切都不重要，我非常清楚为什么，神父也心知肚明。我这荒谬的一生中，一股气息从未来的深渊向我拂面而来，沿途中荡平了过去的岁月里一切的可能性，那些年月犹如雾中花般虚幻无踪，那些还未到来的日子也将会是如此。他人的死亡，母亲的爱，又有什么要紧的呢？神父深信不疑的上帝、天下苍生，还有他们选择的命运，这些跟我又有什么关系呢？这既定的宿命已经选中了我，还有数千万个像神父一样与我称兄道弟的幸运儿，他们也不能幸免。神父难道不明白吗？他当真不明白吗？每个人都是被这宿命选中的幸运儿，无一例外。世上的所有人，他们也终有一天会被命运判处死刑。神父也是，他也会被判死刑。一个被指控谋杀的人，居然是因为没有在母亲的葬礼上落泪而被判处死刑，这又有什么要紧的呢？萨拉马诺的狗在他的心目中如同妻子一般。那个机器人般的矮女人，马松娶的巴黎女人，以及想与我结婚的玛丽，她们同样是罪人。雷蒙和比他更好的塞莱斯特，他们是或不是我的好朋友，又有什么区别呢？就算玛丽现在正向下一个“默尔索”献吻，那又如何呢？面前这个和我同样注定被判死刑的神父，他难道不明白吗？从我未来的深渊里，我近乎窒息般吼出这些话。狱警们把神父从我手中拉开，并向我发出警告。但神父却让他们冷静下来，沉默地看了我一会儿，眼中满是泪水。最后，他转身离开了。

在他走后，我冷静下来，筋疲力尽地躺在床上。或许是睡着了，等我醒来，点点星光已经照在我脸上。田园之声飘过耳畔。夜晚的气息、泥土的气味和咸咸的海风拂过鬓角，清清凉凉。万物沉睡，夏夜的静谧如潮水般涌入我的身体。此刻，黎明即将来临，我听见了警笛的哀鸣，预示我即将踏上旅程，前往与此生再无瓜葛的另一个世界。许久以来，我第一次想起了妈妈。我开始明白，为什么在生命即将走到尽头时，她要找一个“未婚夫”，为什么她要开始新的生活。养老院见证了无数生命的流逝，夜晚更添伤感。在如此接近死亡的时刻，妈妈一定是感受到了某种解脱，才会做好重新生活的准备。没有人有资格为她流泪。我像当时的她一样，感觉自己已经准备好重启人生。我的怒火得到了酣畅淋漓的发泄，洗涤了我邪恶的心灵，清空了我所有的希望。站在这具有象征意义的星空下，我第一次敞开了心扉，拥抱世界温柔的冷漠。它与我如此相似，我们就像彼此的兄弟。我明白了，我一直是幸福的，现在依然是幸福的。为了让这一切结束，为了不再孤独，我只能希望在我行刑的那天，观者如云，他们会以仇恨的叫喊迎接我。